40년 만의 악수

40년 만의 악수

양영수 장편소설

도화

목 차

◆◆◆ 작가의 말

제주 4·3사건의 역사적인 의의를 밝히는 문제는, 이 사건의 핵심적인 사실이 어디에 있는가를 판정하기에 따라서 그 귀추가 크게 달라질 것이다. 고려국 말기에 있었던 '목호의 난'에 대한 평가 문제가 의미있는 시사점을 제공한다. 100년 동안이나 제주도를 통치하던 원나라 세력을 물리치기 위해서 최영 장군의 고려 군대가 극악무도한 진압작전을 벌인 사실을 어떻게 보느냐 하는 것은 간단한 문제가 아니다. 그 당시 목호의 난을 진압하기 위해 출정한 고려국 군대는 2만5천 병력이었다고 하는데, 이는 그 당시 제주도 인구에 맞먹는 규모였고, 고려군이 압도적인 군사력을 가지고도 수천 명에 불과한 목호군에게 힘겨운 신승을 한 이유는 제주도 주민들 대부분이 고려군에 협력하지 않고 목호군에게 협력했기 때문이라고 한다. 목호 통치 100년 동안에 제주섬은 산업이 발전하고, 인구가 크게 늘어나고, 불교신앙이 전파되는 등 선정의 혜택을 누렸음에 반하여, 가혹한 고려국 폭정의 기억이 제주사람들 가슴에 각인되었기 때문에 이 같이 이상한 향배현상이 일어났다는 것이다. 당대의 제주사람들에게 고려국의 승리는 억울하고 저주스러운 일이었겠지만, 오늘을 사는 우리가 돌이켜볼 때 잔인무도한 고려국이 목호군을 물리쳐준 것이 한민족의 분열을 막고 제주도가 지구상의 미아로 추락함을 막아준 셈이니, 얄궂은 역사의 아이러니라 할 수 있다.

제주도 4·3사건의 역사적인 의의도 이와 유사한 비교를 할 수 있지 않을까. 군경토벌대의 잔인무도한 멸공 전선에서 무고한 양민 희생자가 많이 나온 것은 물론 억울하고 통탄할 일이지만, 빨치산 집단의 무장봉기가 토벌대에게 진압되었기 때문에 제주 사람들이 더욱 잔인한 공산당 세상이 되는 불행을 면할 수 있었음도 엄연한 사실이다. 이 사건이 '목호의 난'처럼 먼 과거의 일이 아니고, 그 당시에 제주사람들이 당했던 아픈 상처가 아직도 아물지 않았기 때문에 여기에다 역사의 아이러니라는 말을 갖다 붙일 여유가 없는 현실이 안타깝다 할 것이다. 장편소설 『40년 만의 악수』의 스토리 전개는, 좌우익 양쪽의 투사들이 왕성했던 투쟁의지의 결과가 뜻하지 않은 역설적인 방향으로 흘러감을 실감한 끝에 화해의 악수를 나눈다는 골격에서 이루어진다.

40년 만의 악수

1절

1947년 3·1절 시위사건은 다음 해에 일어난 4·3사건 난리의 전주곡과도 같은 것이었다. 제주북국민학교 운동장의 좁은 공간에 2만이 넘는 엄청난 군중이 집결하여 반미 구호와 함께 친일파 타도와 인민위원회 지지를 외쳤다. '박헌영 만세'와 '스탈린 만세'라는 구호가 새롭게 등장하여 사람들의 이목을 끌었다. 3·1절 기념행사를 엄숙하게 치르고 난 애국시민들은 성난 시위대로 돌변하였다. 경찰은 시위 군중의 분노가 어떻게 폭발할지 조마조마하였고, 시위 군중은 치안경찰대의 사소한 움직임조차도 강경 진압의 불벼락 낌새로 받아들일 기세였다. 상호간에 불신과 증오가 극심했기 때문에 경찰대와 시위 군중 사이에는 일촉즉발의 긴장감과 위기감이 감돌았다. 시위 군중의 규모가 엄청나게 큰 것은 그 배후에 있을 조직력이 치밀했다는 것이고, 그들의 적개심에 찬 표정은 미군정 타도의 열기로 달아오를 기세였으니, 누가 봐도 오늘 행사가 조용히 끝날 것으로는 보이지 않았다. 길가에서 놀던 여섯 살 어린 아이가 기마경찰이 탄 말이 지나가는 서슬에 놀라 넘어진 것이 시위 군중의 격분을 산 것을 발단으로 하여 4·3 비극의 서막이 열렸다. 경찰의 발포가 10여 명 사상자를 낸 3·1시위사건의 수습 과정에서 관민官民 간의 상호 불신과 증오는 더욱 깊어졌다. 미군정은 이날 일어난 살상사건에 대한 사과는 커녕 좌파의 폭력사용에 대한 정당방위로 규정하고 탄압 일변도로 대응했으며, 미군정의 탄압을 규탄하는 남로당의 선언은 제주도 전역의 3·10총파업 투쟁으로 이어졌다. 제주도청을 포함하여 제주지역 각급 기관과 기업체 대부분이 참가하는 극렬한 반정부 운동이었다. 언론사에서 3·1사건 희생자에 대한 조위금을 모금했는데, 각계각층으로부터 답지한 모금액이 상상 밖으로 많은 것은 제주도 민심의 소재를 말한다고 해석됨으로써 남로당 지도자들의 사기를 고무해 주었다.

1948년 4월 3일 새벽 2시 한라산 기슭의 수많은 오름 봉우리에서 봉화불이 올라감과 동시에 제주도 남로당 유격대의 무장봉기가 모습을 드러냈다. 그들은 미군정의 부패와 폭력경찰의 만행을 규탄하며 '단독선거 결사반대' '탄압이면 항거' 등의 구호를 내걸고 기세등등한 폭력행사에 나섬으로써 섬 전체를 극도의 불안과 공포 속으로 몰아넣었다. 그들은 경찰지서 등 관공서를 닥

11

치는 대로 습격하여 수많은 사상자를 냈고, 도처에서 도로와 교량을 파괴하고 전선을 절단하여 교통과 통신수단을 마비시킴으로써 국정의 정상적인 가동을 방해하였다. 5월 21일에는 모슬포 주둔 국방경비대 9연대 병사들 41명이 집단 탈영 후 입산함으로써 국군부대 내부에까지 침투한 좌익 프락치가 만만치 않음을 보여주었다. 남로당 프락치들의 탈영사건은 이후에도 그치지 않았고, 이들 탈영병 대부분이 제주지역 출신임은 제주도가 빨갱이섬이라는 풍문이 사실임을 증거하는 것으로 받아들여졌다. 열악한 장비의 남로당 인민유격대가 경찰과 대적한 전투에서 연달아 승리를 거두는 것도 빨갱이섬의 위력을 보여준다는 말이 나돌았다. 좌파 게릴라들은 5·10총선거를 전후하여 선거공무원들을 저격 암살하는 일이 빈번하였다. 투표 당일 마을사람들은 공무원들이 동원된 투표 독려에 등을 돌리고, 좌익 청년들이 시키는 대로 야산으로 올라가 불편한 풍찬노숙을 택함으로써 미군정이 강요하는 단독정부 구성에 대해 확실한 거부반응을 보여주었다. 북제주의 5·10총선은 투표자 정족수 미달로 무효처리 되었다.

2절

 조선경비사관학교(육군사관학교의 전신)를 갓 졸업한 부정태 소위가 제주지구 국방경비대 소속 소대장으로 부임한 것은 4·3 사건 발발 이후 한 달 가량이 지난 때였다. 부정태 소위는 자기와 함께 제주도로 발령 받은 군인이 없었기 때문에 제주읍내 산지항에서 하선할 때부터 어떤 길로 어떻게 가야 할지 걱정되고 있었다. 배속된 군부대가 위치한 모슬포 송악산까지 가는 길이 막막했던 것이다. 다행히도 그의 이름을 써넣은 피켓을 들고 서서 선창가에서 그를 맞아주는 사람이 있어서 마음이 놓였다.

 −연대본부 운전병입니다. 배멀미로 고생 많으셨지요.

 −고생될 거 있나요. 송악산에서 여기까지 장거리 오느라 수고 많으셨네요.

 연대장 전용 지프차를 모는 운전병의 계급은 하사였지만 나이가 부 소위보다 한참 위일 것 같아서 존댓말이 저절로 나왔다. 명찰에 쓰여있는 운전병의 이름이 장선호였는데, 선량하고 호감이 간다는 즉각적인 연상을 일으켜 주었다. 자동차가 동문로타리와 관덕정 앞을 지나서 제주공항을 오른쪽에 두고 일주도로로 나오면서부터 부정태는 무슨 말을 주고받을지 잠시 망설여졌다. 말투로 보아 운전병은 육지사람인 것 같아서 제주도에 대한 이야기를 시작하기로 했다. 육지에서 온 손님을 제주사람이 안내하는 격이라면 무방한 일이었다. 외국어처럼 들린다는 제주도 방언 이야기가 나왔고, 창밖에 보이는 경치에 따라서 '민족의 영산' 한라산과 '다정하게 마주한 가족모임' 같다는 오름들을 언급하는 것도 괜찮아 보였다. 그러다가 어느 마을을 지날 때, 불타다 남은 학교 건물의 시커먼 잔해가 보이자 부정태는 아차 싶은 생각이 들었다. 운전병도 잠시 차를 멈추고 눈살을 찌푸리는 모습이었다. 이 황급한 난리통에 '민족의 영산' 같은 무슨 한가한 소리냐고 나오면 무안할 게 아닌가 걱정이 되었다. 그런데 이 사람은 그게 아니었다.

─제가 제주섬하고 연이 닿았던 모양입니다. 민족의 영산이라는 한라산을 제가 열 번이나 올라가 봤다는 거 아닙니까.

─어떻게 열 번씩이나 올라갔을까요.

─한라산 오르내리는 산악전 훈련이 있잖습니까. 이래 봬도, 제가 국방경비대 창설부대로 들어와서 제주도 복무가 벌써 1년

이 넘습니다. 영험스런 산의 정기가 느껴지고 한라산 경치가 정말 절경입니다. 우리 연대가 주둔하는 송악산 일대도 천하일품이고, 이런 제주섬에 공기를 마시는 것이 저의 살아생전에 행운인 거 같습니다.

―그런 영험스런 산에 사는 사람들에게 이런 난리가 일어났으니 한라산 신령님이 대로하시게 생겼네요.

―그건 그렇지 않지요. 제주도의 영험스런 정기를 먹고 사니까 혁명가의 기백이 나올 거 아닙니까. 혁명을 아무나 합니까.

―아, 그런가요?

자동차는 때마침 애월면 산간지대를 지나고 있었는데, 운전병이 차창 밖을 내다보면서 차를 멈추고 말을 이었다.

―저기 저 오름을 보십시오. 새별오름이라고 해서, 지금 제주도에서 불붙는 혁명운동의 현장이라 할 수 있지요.

―아, 그렇지요. 새별오름, 저도 좀 알고 있는 오름이지요.

―저기가 빨치산 아지트, 그 사람들 훈련장이었고, 지난 4월 3일 날 새벽에 봉홧불이 벌겋게 올라간 곳이지요.

―아, 그렇습니까.

자동차는 곧 출발하였고, 운전병의 말도 그 정도로 그쳤지만, 부정태의 머릿속은 바쁘게 요동치고 있었다. 그에게 남 모르는 자기만의 과거사를 연상케 하는 지점이 바로 이 새별오름이었던 것이다. 그러니까 그것은 벌써 반 년이나 지난 작년 말경의 일이

15

었다. 제주농업중학교를 갓 졸업하고 혼란스러운 지역사회에서 어떤 방향의 미래를 택할 것인지 고민하던 중에, 학교 친구들 몇 사람의 부추김에 혹하여 제주도 남로당 가입을 결행하려던 차에 우연히 들른 농업중학교 교무실에서 졸업반 담임이시던 선생님을 만났고 그 자리에서 경비사관학교 진학을 권고받고 결심을 바꾸었던 것이다. 남로당 가입을 포기한 다음에 그쪽이 아주 무법폭력으로 치닫는 것을 보고는 결심을 바꾼 것이 잘한 일이라는 생각이 들었다. 만약에 그때 부정태가 남로당 가입을 하고 제주지구 유격대에 합세했더라면 그 즉시 들어가서 훈련을 받기로 되었던 곳이 바로 지금 지나친 새별오름 아지트였다. 그날 그 시간에 그 선생님을 학교에서 만나지 못했더라면 부정태는 바로 저기 새별오름 벌판에서 젊은 혈기를 불사르는 운명이 되었을 터였다. 그때에도 말만 듣고 올라가 보지는 못했지만, 새별오름은 주변 일대를 한눈에 내려다볼 수 있는 시원한 전망대와 같은 곳이어서, 그곳에 올라가면 젊은이들 가슴에 숨어있던 기백이 저절로 터져나오게 된다는 말을 들었었다. 마음속에 숨겨진 자기만의 과거사가 부끄러워진 부정태는 더 이상 제주섬 오름들에 대한 얘기를 꺼내지 않았다. 오늘 이 운전병은 실지 전투에 많이 나가지 않았으니까 이런 한가한 이야기가 통했구나 싶었다. 부정태는 자신이 배속된 병영의 막사까지 안내하는 그의 친절함이 고마웠다. 그의 이름자가 장선호라는 것을 잊지 말고 기억하기

로 마음 먹었다. 이런 사람을 어디서 다시 만난다면 좋은 말벗이
될 것 같았다.

3절

부정태 소위는 제주지구 국방경비대에 제주 출신 장교는 자기 말고 아무도 없을 것임을 진작부터 알고있었다. 그렇지만, 그의 부임 인사를 반갑게 맞아줄 사람이 없는 것은 아니었다. 육사 5기 출신인 차명진 소위였는데, 부정태보다 사관학교는 6개월 선배이고, 제주지역에 발령받은 것이 1개월 정도 먼저였다. 부정태 소위는 육사 재학생일 때부터 차명진 소위가 육사 5기 수석 졸업 생이라는 것을 알고 있었는데, 이런 선배를 그의 졸업식 날에 만난 것은 정말 뜻밖이었다. 차명진 소위가 그날 졸업식에서 사관 학교 선배 자격으로 축사 연설을 한 다음에 부정태 졸업생을 특별히 찾아서 만나본 것은 그가 4월 3일 무장봉기의 본고장인 제주도 출신이기 때문이라고 했다. 차명진 소위는 부정태를 사관 학교 행정실로 특별히 불러내어 한다는 말이 거창하였다.

―당신네 고향에서 전쟁이 터졌소. 전쟁에서 나라를 구하는 것이 군인의 임무요.

첫 마디부터 제주도 난리를 전쟁이라고 엄포 놓을 정도로 제주도 사태에 대한 차 소위의 인식은 심각한 수준의 것이었다. 그는 국방경비대 사령부에다가 제주 출신 신임 장교가 있으면 제주도로 배속시켜달라고 특별히 부탁했다는 말까지 알려주었다. 이런 말을 들은 부정태로서는 이로 인해 자기가 유명해지는 기분이 되었고, 초임장교 발령을 받고 제주도로 내려오는 동안 내내 차명진 소위와의 초대면 장면은 그의 뇌리를 떠나지 않았던 것이다.

송악산 기슭의 배속 부대에 들어가 자리 잡는 날 저녁 식후에 차 소위의 막사를 찾아간 부정태는 간편복장으로 갈아입은 그의 소탈하고 수더분한 모습을 보고 안심이 되었다. 두 사람이 며칠 전에 사관학교 행정실에서 잠깐 만났을 때 장교 복장을 한 그의 모습과는 크게 다른 인상을 주었다. 두 사람은 계급이 같았지만, 차 소위 쪽이 부 소위보다 연령으로나 학력과 경력 상으로 훨씬 윗길이어서 대면하기가 어색할 것으로 생각하고 있었던 것이다. 부 소위는 사관학교 이전에 제주농업중학교를 마친 것에 불과했지만, 차 소위는 평양사범학교 출신에다가 조선총독부 근무 경력까지 있는 사람이라고 했다. 모두가 특출한 수재들만이 넘볼 수 있는 곳이었다. 부 소위는 이렇게 학력과 경력이 화려한 선배

19

가 하는 말이라면 형님 말처럼 공손하게 잘 듣고 따르려니 마음
의 준비를 단단히 하고 있었던 것이다.

　―선배님으로 잘 모시겠습니다. 제주읍내가 제가 나고 자란
곳입니다.

　―반갑소. 제주 출신 후배가 내려오는 것을 기다리고 있었소.
앞으로 좋은 말벗이 됩시다.

　몇 마디 의례적인 인사말이 오간 후 이들이 나눈 화제의 중심
이 된 것은 자연히 제주도 난리의 위기상황에 대한 걱정이었다.

　―제주사람들 요즘 정말 심란하겠소. 요즘엔 제주도 발령받고
내려오는 사람한테는 마치 목숨 걸고 오는 것처럼 위로 인사를
한다고 하두만. 앞으로가 걱정이오.

　―그러게 말입니다. 미국사람들 빨리 물러갔으면 좋겠습니
다.

　―미군정이 끝난다고 해서 이 난리가 끝나겠나. 어림도 없소.

　―지금 제주사람들 불만 꺼리는 미군정이 만들었다는 거 아닙
니까. 친일 폭력경찰이 횡포 부리게 놔두는 거나, 이 지역 사람
들 민생문제가 심각해진 거나, 모두 미군정의 책임 아닙니까.

　―부 소위는 지금 제주도 난리의 실상을 모르는 소리요. 경찰
이 행패 부리거나 먹고살기 힘들다고 해서 민중봉기가 그렇게
격렬해진다고 보는가 말이지. 어림없는 얘기요.

　―그럼, 지금 제주도 사태의 진짜 원인이 뭔가요. 제가 그동

안 많이 들어본 말이 그렇단 말입니다.

─일반민중이 권력기관 횡포에 분노하거나 세상 살기 어렵다고 불평하는 건 어느 시대 어느 사회에서나 흔히 있는 일이오. 작년 3·1절 시위사건이나 이번 4월 3일 무장봉기 같은 난리가 터질려면 그 정도의 불평불만 갖고는 어림도 없소.

─그럼, 그 이상 어떤 것이 있어야 큰 난리가 터진다는 말씀인가요.

─민중의 불만을 크게 부풀리는 조직적인 배후 세력이 있어야 반란이 일어난다는 거요. 이래도 감이 안 잡히나?

─그럼, 남로당이 그런 배후 세력이란 건가요?

─잘 알아들었네. 부 소위는 제주도 백성들끼리 모여서 불평불만 얘기할 때 적기가赤旗歌 부르면서 뭉치자거나 스탈린 대원수와 김일성 동지를 받들어 모시자는 말을 할 것 같소?

─그러고 보니까, 그 점은 그런 거 같습니다.

─어떤 의혹사건이 터지면 머리와 꼬리를 구분할 줄 알아야 한다니까. 제주지역 민중의 불만이 반정부 반란으로 커지고 다시 적화통일 운동으로 커지게 만든 건 남로당 지도부라는 거요. 남로당은 선전선동 기술이 천재적인 사람들이오. 아, 작년 3·1절 시위 당시엔 남로당 당원이 2천 명 정도였는데 1년 남짓 지난 현재 시점에는 그 열 배가 된다는 거요. 공산주의 혁명이라는 남로당 음모에 제주도 민중이 이용되어 동원되는 거요. 남로당이

라는 배후 세력이 없고서야 어떻게 제주섬의 일반 민중들 머리에서 '스탈린 만세'라는 말이 나올 수 있겠소? '인민해방' 하자는 구호도 그거 공산혁명하자는 말이란 거요.

─공산주의가 뭔지 모르는 사람들이 어떻게 공산혁명에 참여하지요? 아, 제주도에 공산주의 사상이 어떤 것인지 아는 사람이 얼마나 되겠으며, 그런 것에 관심이나 있겠느냐 말입니다. 다들 먹고 사는 일에 바쁘단 말입니다.

─내 말을 들어보시오. 폭력경찰과 미군정에 대한 제주사람들의 불평불만에 불을 당겨서 반란을 일으킨 것이 제주도 남로당이고, 반란의 불을 당길 때 불쏘시개 같은 것이 공산주의 혁명인 거요. 폭력경찰 탄압에 대한 민주항쟁이라면 태극기 대신에 인공기를 게양하고 적기가를 부를 이유가 없는 거요. 그 사람들 목표는 소련과 북한을 등에 업은 적화통일에 있다는 거요.

─하필 이 작은 섬 지역에서 공산주의 혁명을 일으킬 이유가 있나요? 제주도 남로당 사람들이 특별히 똑똑하기라도 한가요?

─똑똑했소. 너무 똑똑해서 탈이오. 교육수준이 높아서 똑똑해진 것도 같소.

─제주사람들 교육수준이 높다는 말씀입니까.

─그렇소. 내가 옛날에 조선총독부에서 잠시 근무한 적이 있어서 그런 것을 좀 아는데, 그 당시 조사에서도 제주도 주민들은 교육 수준이 다른 어느 지방보다도 높았소. 그리고, 근래에 나온

조사를 보니까, 해방 후 2~3년 간에 민립학교 설립 건수를 보면 제주지역이 단연 최고요. 또 하나, 일제시대에 일본 가서 공부한 사람들 수도 인구비례로 보면 제주도가 전국 최고였소.

－그건 또 어찌 된 일이지요?

－아, 그거야, 제주사람들 성취 동기가 최고였다는 거 아니겠소. 돈 벌려고 일본 건너간 사람들이 많다 보니까, 일본유학생들도 많아진 거지.

－그런가요? 그거, 제주사람으로서 기분 좋은 일이네요.

－그런데, 그게 기분 좋을 일이 아니란 거요. 좀 미안한 말이지만.

－그건 또 무슨 말씀이신지.

－제주사람들은 교육수준이 높다고 헛바람이 들었는지, 자기넨 세계역사를 훤히 내다보게 똑똑하다고 착각한 것 같단 말이오. 허지만, 똑똑하다는 제주사람들이 일본 땅에서 배워온 것이 공산주의였다는 거요. 그럴만한 내력이 있소. 일본 공산당은 제주 출신 일본교민들의 사회운동을 도와주고, 제주 출신 사회운동가들은 일본 공산당의 활동에 힘을 실어주고, 그러니까 두 집단은 서로 협력하고 상생하는 관계였다는 거요.

－그 부분은 좀 이상하네요.

－일본공산당이 한민족하고 상생관계가 된 이면에는 기막힌 사연이 있었다는 거요. 일본사람들은 자기네가 선진국이라고 해

서 조센징을 괄시하고 핍박했다는 거 알잖소. 그런 가운데, 일본 공산당은 소위 국제공산주의 운동이라고 해서 약소민족에 대한 차별을 없이하는 걸 기본강령으로 삼았기 때문에 조센징 괄시 가 없는 일본사람이라면 우선 공산주의자였다는 거요. 조선사람 들의 독립운동이 일본 공산당이나 노동운동가들의 조직적인 지 원을 받다보니까, 공산혁명과 항일독립운동과 민족계몽운동 같 은 것이 서로 연계되었고, 자연히 그 당시에 일본 가서 항일운동 이나 노동운동 한 조선인들 중에는 공산주의자들이 많았다는 거 요. 그런 조선사람들 중에서도 제주 출신들이 특히 열성적이었 다는 거요. 그러니까, 일본유학생들이 배워 갖고 온 공산주의가 제주섬에서도 신학문 신지식의 대명사로 인정 받게 된 거요. 똑 똑하고 존경스러운 일본유학생들이니까 그들이 선전하는 사상 을 그냥 믿어준 거 아니겠소. 〈스탈린 만세〉 소리가 제주섬에 울 려퍼진 내력이 이렇소. 제주지구 국방경비대의 존재이유는 공산 주의 남로당 집단의 분쇄에 있소.

— 〈스탈린 만세〉를 백 번 외쳐보면 뭐합니까. 지금 제주도에 선 백성들 민생고가 심해지는 거, 폭력경찰 때문에 사람답게 살 지 못하는 거, 이런 것이 문제니까, 남로당이니 공산주의니 걱정 마시라고 하시죠.

— 허, 그렇게 간단한 문제가 아니라니까.

— 하여간 제가 오늘 많이 유식해진 거 같습니다. 다음 기회에

다시 경청하겠습니다.

차명진 소위는 자리에서 일어서는 부정태를 내보내면서 잊고 있었던 중요한 얘기가 용케 떠오른 듯이 한 마디 덧붙였다.

—부 소위 가족상황이 어떻게 되나?

—아, 네. 1년 전에 득남을 한 3인 가족입니다.

—가족들이 가까이 있어도 만나지 못하니, 잠이나 잘 오겠나.

—생각 나름 아닙니까. 가족들 가까이 있으면 텔레파시가 더 잘 통할 것 같습니다.

—그럼, 그럼. 좋은 남편, 좋은 아빠 되시오.

—격려의 말씀, 감사합니다.

부 소위는 자상한 덕담까지 듣는 것이 고마웠지만, 장시간 머리를 무겁게 만든 오늘 저녁의 화제가 부담스럽게 느껴진 것도 사실이었다. 육지사람에게서 제주도 역사 얘기를 듣는다는 것이 좀 거북하기는 했으나, 어쨌거나 제주사람들이 처한 시국문제의 한 부분을 알게 된 것은 좋은 일이라고 생각되었다.

4절

부정태가 국방경비대 소대장으로 부임하고 3일 만에 국방경비대 9연대는 11연대로 개편 보강되었고, 그가 속한 11연대 2대대가 주둔하는 병영이 모슬포 송악산에서 북제주 조천으로 옮겨졌다. 공비토벌의 임무를 작전 현장 가까이에서 수행하기 위하여 11연대 예하의 3개 대대를 제주섬 전체에 분산시켜서 배치하는 것이라고 하였다. 연대본부도 송악산에서 제주읍내 농업중학교(후일의 제주농고)로 옮긴다고 하였다. 부정태로서는 개인적으로 환영할 만한 주둔지 이동이었다. 차명진 소위도 11연대 2대대에 속했기 때문에 같은 병영에 주둔하게 된 것이 다행이라 생각되었다.

조천으로 옮겨간 후 첫 휴일을 이용하여 부정태는 기다리던 외출 허가를 받고 제주읍내로 나들이 할 수가 있었다. 오전에 집에 잠깐 들린 다음에는 과거 소학교 때의 선생님 댁을 방문하였다. 소학교 재학시에 변함없는 우등생인 부 소위를 각별히 사랑해주신 강성국 선생은 아직도 옛날 제자를 잘 기억하고 계셨다. 장교 발령 받은 인사도 할 겸 제주지역 정세 파악에 대한 도움말씀을 듣고 싶어서 방문했던 것이다.

─축하하네. 제주도 출신 국군장교가 지금까지 몇 명이나 나왔는고.

─네, 제주 출신 장교는 제가 첫 번째라고 들었습니다. 그런데도 영 찜찜한 마음입니다. 장교 되고 첫 발령이 제주도로 떨어진 것이 무슨 시험대에 선 거 같습니다.

─알 만하네. 그런데, 벌써 장교 계급장이라니, 금년 자네 나이가 어떻게 되는고.

─올해로 스물 세 살입니다. 속성과정 6개월 짜리 사관학교에 다가, 실전상황 군사훈련도 제대로 받아보지 못한 엉터리 장교입니다.

─과도기 현상이 다 그렇지뭐. 제주도 발령은 자네가 지망한 건가, 아니면 그냥 하명이 내려온 건가.

─저희들에게는 지망해서 발령 받은 사람은 없는 모양입니다. 특히 제주지역은 험지라고 해서 다들 기피하는 곳이고예.

─알 만해여. 제주사람들이 중앙정부에 대한 불만이 많은 걸 잠 재우느라고 제주 출신 장교를 하나 내려보낸 모양이여. 요즘

에 도지사나 경찰감찰청장을 육지사람에서 제주사람으로 바꿔 준 것도 마찬가지지만, 허수아비처럼 사람만 갖다 앉혀 놓고 실권은 없으니 불만이 더 커지고 있지.

ㅡ저는 미군정 사람들이 잘할 줄 알았는데 그렇지 못한 모양이지예.

ㅡ실망이여, 실망. 민주주의 한다는 미국사람들이 더 고약하다니까. 차라리 인민위원회 시절이 좋았시. 식민지에서 해방된다는 것이 이렇게 사람 살맛 나는구나 했었는데, 요즘 같아선 일본시대보다도 못한 것 같단 말이지.

ㅡ제주사람들 박대 받는 건 조선왕조시대나 일제시대나 미군정시대나 변함이 없다는 거 아닙니까.

ㅡ제주사람들을 믿지 못하는 것이 문제여. 이건 아주 제주사람 대 육지사람 간의 싸움처럼 되고 있어. 지금 육지부에서는 우익 정부 대 좌익 반정부 간의 대립인데, 제주지역에서는 거기에다가 제주사람 대 육지사람 간의 대립관계가 추가되고 있다는 거여. 사상적으로 별다른 혐의가 없는 사람들까지 잡아가두는 건 제주사람들에 대한 불신 때문이지. 자네도 제주 출신이면서 이 나라 군대의 장교로 충성하는 거 참으로 어려운 일이겠어.

ㅡ바로 그겁니다. 저 자신의 소속감을 어디에다 두어야 할지 막막합니다.

ㅡ자넨 이제 운명적으로 이 나라 군인이라는 걸 잊어서는 안

되네. 국가에 충성하는 동시에 고향을 사랑하는 길이 있을 거네.

─충성스러운 국군이면서도 고향사랑의 길이 있다는 말씀, 명심하겠습니다.

─명심할 건 또 있어. 군대의 생명은 상명하복이라는 말을 명심해야 해. 제주섬은 빨갱이섬이다, 이런 말이 국가의 명령이라면 거역해서는 안되는 것이 군대사회이지. 제주섬이 빨갱이섬이라니, 당치도 않은 말이다, 이런 생각을 마음 속으로 하고 있어도 밖으로는 내놓지 않는 것이 상명하복이여. 내 말 알아듣겠나?

─네, 군대의 생명은 상명하복에 있다는 말씀, 명심하겠습니다.

─어-, 자네 얼굴을 보니 생각나는 사람이 있네. 그, 있잖은가, 허만호라고 자네 소학교 때 단짝 친구 말이지.

─네, 이십주. 허만호가 어떻게 됐습니까.

─그 사람, 너무 안됐어. 도청 통역관 했으면 앞으로 출세길도 훤한 사람이었는데, 작년 3월 총파업에 가담했다가 잘려나갔단 말이지. 정말 황당한 일이여.

─그랬습니까. 그 친군 지금도 반정부 편인가 마씀.

─그런가 봐. 산사람 됐다는 말까진 들었는데, 아직 무슨 사건에 걸려든 소문은 없네. 그 사람은 일본유학생이 아니었는데도 남로당에 끼어든 게 이상하단 말이야. 도청 통역관 하는 동안에 부정부패 미군정 통치가 맘에 안 들고, 폭력경찰이 미워지니까

남로당에 들어간 거 같아.

─일본유학생이 아니었는데 남로당에 들어간 게 이상하단 말씀은 무슨 뜻입니까.

─아, 그건 내 제자들이 물 밖으로 유학 갔다가 돌아온 모습을 보고 하는 말이네. 일본으로 유학 간 제자들은 대개 공산주의자가 돼서 돌아오더란 말일세. 일제시대에 경성유학을 간 제자들도 여럿이 있었는데 이 사람들이 공산주의자가 되는 경우는 별로 못 봤단 말이지.

─그렇게 달라진 건 무슨 때문이라고 보십니까.

─아무래도 우리 조선 땅보다는 일본에서가 국제교류도 더 많았을 거고, 그래서 신학문 신사상에 접하는 기회가 많았기 때문이 아니겠나.

─제가 허만호를 만나볼 수는 없을까예.

─왜, 그 사람 만나보고 싶나?

─네, 만나면 하고 싶은 얘기가 많을 거 같습니다.

─그럴 테지만, 그건 곤란하잖은가. 허만호는 지금 반란군 쪽인데 어떻게 국군장교와 만날 수 있겠나. 그건 안될 말이지. 하고 싶은 얘기 있으면 나를 통하면 돼. 할 말을 간단히 요약해서 써주면 언제 기회 봐서 전해줄 거니까.

─선생님이 허만호를 직접 만나기도 하십니까.

─가끔 나한테 들릴 때가 있다네. 금년에도 두 번인가 만났어.

그 사람도 이 시국이 영 불안하고 답답하니까 나에게서 무슨 힌트라도 듣고 싶은 모양이야. 나야 이제 퇴물이 되어가는 신세, 무슨 뾰족한 수가 있는 것도 아닌데.

─선생님께 그걸 여쭙고 싶습니다. 선생님은 이 난리, 이 시국을 어떻게 바라보시는지, 선생님 자신은 왼쪽인지 오른쪽인지 말입니다.

─이 사람아, 지금 나보고 싸움 붙으라고 하는 소린가? 난 좌도 아니고 우도 아니라네. 중앙정부에 대한 제주사람들 불만을 생각하면, 좌익에게 동정이 갔지만, 좌익이 너무 폭력으로 나오니까 그 사람들 편을 들 수도 없고 말이지. 말이 좀 이상하지만, 좌도 불만이고 우도 불만이여. 그러니까, 내가 지지하는 건 좌와 우를 넘어선 평화주의여, 평화주의.

─그럼, 저도 친구에게 평화주의 메시지를 보내야겠습니다.

부 소위는 메모지 한 장을 얻어서 간단한 메시지를 써 넣었다. 〈이제는 우리가 세상 한가운데로 나설 때가 아닌가. 때가 되면 우리끼리 힘을 모을 수도 있을 걸세. 그때가 빨리 오기를 바라네.〉

국군장교와 반란군이 만나서 무슨 힘을 모을지, 있을 것 같은 일은 아니었지만, 어릴적 죽마고우라면 좀 실속없는 우정을 과시해도 괜찮을 것이 아닌가 싶었다.

─이렇게 써넣으면 그 깊은 뜻을 알아보지 않겠습니까.

－그럼, 그럼. 그러지 않아도 허만호 그 사람 마음은 지금 오락가락하고 있을 거여.

메모지를 받아서 편지봉투에 집어넣는 선생님도 제자들의 실속없는 우정을 뭐라고 탓하지는 않을 것 같았다. 소학교 시절 허만호와 부정태 두 사람은 바로 이 강성국 선생의 각별한 사랑을 받으면서 철이 들었으니까, 지금처럼 이들 두 사람이 의기투합 시늉만이라도 보여드리는 것은 선생님이 보기에도 반가운 일일 것 같았다.

선생님 댁 방문을 마치고 돌아가는 부정태의 머릿속은 매우 어수선하였다. 소학교 때 친구 허만호의 모습이 떠올랐다. 그는 공부 잘하는 우등생이었을 뿐만 아니라, 항상 웃음을 잃지않는 다정한 친구였다. 저학년일 때에는 부정태가 반장을 했지만, 고학년이 되면서 허만호가 반장을 하고 부정태가 부반장을 했었는데, 두 사람이 경쟁관계에 있었으면서도 강성국 선생은 무슨 심부름을 시킬 때에는 그들 두 사람을 함께 잘 불러냈다. 그러니까, 그들 두 사람이 막역한 친구가 된 것은 강성국 선생의 덕분이기도 했다. 허만호는 제주도에서 소학교를 마치고 중학교 재학 중에 멀리 경성으로 유학을 갔었다. 그는 제주도 출신으로서는 보기 드물게 이 나라의 수재들이 간다는 배재학당에 들어갔었는데, 기독교 선교학교인 그곳에서 영어공부를 열심히 했는지 미군정이 다스리는 제주도청의 영어통역관이 되었다는 소식까지는 부정태도 들어서 알고 있었다.

항상 명랑한 얼굴을 잃지 않아서 친구들에게 인기가 좋았던 허만호가 그 끔찍한 좌파 집단에 가담했다니, 잘 믿어지지가 않았다. 강성국 선생은 '허만호가 일본유학생이 아니었는데도 남로당에 들어간 게 이상하다'고 하신 다음에 다시 한다는 말씀이 허만호는 지금 오락가락 하고 있을 거라고 하셨다. 부정태는 이 부분을 근거로 그의 비밀 메시지의 호소력에 한 가닥 희망을 걸어보기로 하였다. 하여간, 그의 메시지가 강성국 선생을 거쳐서 허만호에게로 전해지도록 한 것은 잘한 일인 것 같았다. 허만호가 옛날의 사제간 친분을 잊지않고 강 선생을 찾아뵙는다는 것을 봐도 그의 마음 속에서 어릴적 기억은 아직도 큰 의미를 간직하고 있음이 아니겠는가. 오랫동안 지역사회의 존경받는 존장 어른으로서 지역 민심을 온건하게 대변하는 분이 강성국 선생이셨다. 해방되기 전에 소학교 교장직에서 물러났는데, 해방 직후 혼란기에는 제주읍 인민위원회 부위원장까지 맡으셨으나 좌우익 양대 진영이 갈라선 다음에는 어느 쪽에도 속하지 않음을 천명함으로써 좌우 양쪽에서부터 친화와 경계의 시선을 동시에 모으는 묘한 위치에 서계신 것이다.

5절

부정태 소위는 제주지구 국방경비대 11연대 소속 장교로 복무를 시작하면서도 어수선한 마음을 가누기가 어려웠다. 병영 내에서 장병들 얼굴을 바라볼 때에도 그의 심정은 착잡하였다. 제주지구 경비대의 존재이유는 공산주의 남로당 집단을 분쇄하는 것이오. 차명진 소위의 단호한 한마디 말이 아직도 그의 귓전에서 울리는 것 같았다. 사병이 아닌 장교나 하사관들을 바라볼 때는 그래도 착잡한 마음이 덜한 편이었다. 소수집단인 그들은 모두가 육지사람들이었고, 장교나 하사관 되기 위한 사상검증을 받았을 것이기 때문이다. 이들은 제주지구 국방경비대의 창설요원으로 선정되어 경비대 본부에서 파견된 사람들이기 때문에 우선은 좌파 혐의에서 놓여날 수 있었다. 반면에 영내에서 일반 사병들을 바라볼 때에는 어수선한 마음이 되는 것을 어쩔 수가 없었다. 그들은 체제 확립이 채 안된 미군정의 국방경비대원 모집 과정에서 사상검증이나 경력조사도 없이 입대한 사람들이었다. 이들 중에는 빨갱이 혐의가 있는 제주섬 사람들이 많다고 했다. 약삭빠른 남로당 지도부에서 경비대를 좌익세력 확장의 거점으로 이용하기 위해 일찌감치 자기네 끄나풀을 심어놓았다는 소문을 부정태도 들은 적이 있었다. 좌경화된 섬사람들을 다스리기 위해 좌경화된 국방경비대의 병력을 투입하는 것은 도둑에게 도둑 잡는 일을 시킨 격이 아니냐고 비양거리는 말도 있었는데, 이 모든 것들이 부 소위의 마음을 심란하게 만들었다. 부 소위 자신이 자기 휘하의 4중대 5소대 병사들을 볼 때마다 이 녀석은 좌파인지 우파인지 알 수가 없으니 뭐라고 말 한마디 건네기가 어려웠다. 이들 중에 어떤 녀석이 그가 분쇄해야 할 남로당 프락치인지를 알려줄 확실한 근거가 없었다. 겉으로는 멀쩡한 국군 사병처럼 보이는데, 언제 어떻게 그에게 등을 돌리고 탈영병이 될 것인지, 믿을 수가 없었던 것이다.

부정태의 마음을 어리둥절하게 한 것들 중에서도 특히 수상쩍은 것이 지난달 5월 말에 발생했다는 집단 탈영사건이었다. 모슬포 주둔 국방경비대 9연대의 사병들 41명은 대량의 무기를 소지한 채, 그리고 탈출 도중에 수십 명의 인명살상까지 범하면서 탈영하여 남원면 소재 숲속의 유격대 본영으로 숨어 들어갔다는 얘기였다. 남로당 프락치가 경비대에까지 침투했다는 풍문이 사실임을 증거한 것이었다. 한 가지 이상한 것은, 집단탈영병 41명 중에 20명은 탈영한 지 이틀 만에 경비대 본대로 자수하여 돌아왔다는 사실이었다. 이 같은 집단탈영 및 자수 사건에 담겨진 의미를 가만히 새겨볼 때, 국방경비대에 잠입해있다는 남로당 프락치들의 사상적 성향이 그만큼 애매하고 미확정적인 것임을 말해주는 것이라고 생각되었다. 탈영했다가 자수했다는 것은 우익과 좌익 모두에게 불만을 갖고있다는 것인데, 이는 좌익에 대한 분쇄작전만이 능사가 아니라 선무공작과 회유방침이 필요하다는 말이 되는 것이었다. 남로당 세력은 오로지 분쇄의 대상이라고 말하는 차명진 소위의 단호한 입장이 무색할 수 있는 정황이었다.

6절

    부정태 소위는 남로당 유격대에 대한 국방경비대의 대응방법이 어떤 것이라야 할지 좀처럼 판단이 서지 않았다. 차명진 소위의 주장처럼 단호한 분쇄작전으로 나가는 것보다는, 유격대이든 유격대에 동조하는 부락민이든 회유가 가능하다면 그것이 더 좋을 것 같았다. 당찬 야심가로 알려진 박진경 연대장이 최근에 부임한 이후로 실시 중인 작전은 남로당 유격대에 대한 회유와 진압을 겸한 고도의 전략이라는 말을 들었지만, 그게 어떤 작전인지 감을 잡기가 어려웠다. 소대원들을 이끌고 나가면서 다른 소대장들이 하는 대로 눈치껏 따라할 수밖에 없는 부정태로서는, 충분한 사전 교육 없이 실전 상황에 임하는 초임장교의 떨떠름한 심정이 될 수밖에 없었다.

    박진경 연대장의 지휘 하에 새롭게 개편된 국방경비대 11연대가 실시하는 한라산두더지작전은 신임 연대장의 과감한 공비 제압 전략으로 알려져 있었다. 경비대 병력은 두더지처럼 한라산 기슭에서 꼭대기로 훑어 올라가면서 반란군의 전세를 무력화시키는 것을 목표로 하는데, 그러기 위해서는 그들에게 먹을 것과 생활용품을 제공해주는 부락민들을 회유하는 것이 첫 순서라고 하였다. 부락민들을 회유하는 첫 단계는 설득작전이었는데 반란자들을 도와주면 그들과 꼭 같은 반란자가 된다는 단순한 논리의 설득이었다. 말로 하는 설득작전이 부락민들에게 먹히지 않을 때에는 토벌대와 마을사람들의 정면 충돌이 불가피한 것 같았다. 토벌대를 보고 슬그머니 피신하는 사람들과, 어두운 다음에 들판에 나도는 등 수상한 시간에 수상한 장소에 나타나는 부락민들은 토벌대에게 체포되었고 그 가운데 반항하는 사람들은 사살되기도 하였다. 반란군의 한라산 속 아지트와 근접한 고지대의 부락민들에 대해서는 저지대로 강제 이주를 시켜야 했는데 이에 대한 반발자들이 많이 나왔기 때문에 체포되거나 사살되는 사람들이 생기는 안타까운 일들이 벌어졌다.

강제 이주 조치의 목적이 민간인들을 보호하는 것이라는 토벌대의 설명이 거짓 선전은 아니었다. 고지대 부락민들이 공비들에게 먹을 것을 내주는 행위를 확실히 막기 위해서는 그들의 거주지를 고지대 마을에서 저지대로 강제 이동시키는 것이 필요하다는 것이었다. 공비들이 싫어서 그들의 요구를 거절하는 사람은 공비들에게 얻어죽고, 공비들의 요구를 들어주는 사람은 토벌대에게 얻어맞아 죽어야 하니, 마을사람들을 보호하여 살려주는 길은 유격대와 격리시키는 도리밖에 없다는 설명이었다.

중산간 부락민들의 회유와 강제 이주에 못지않게 토벌대가 힘을 쓴 것이 공비들 아지트의 습격이었다. 한라산 계곡이나 숲지대 곳곳에 있는 인민유격대 아지트를 습격하여 고산지대로 몰아냄으로써 이제까지 골치아픈 문제였던 유격대와 부락민들 사이의 연결고리를 단절시키는 것이 목표라고 하였다. 유격대의 비밀 아지트로는 한라산 곳곳에 산재해있는 자연동굴이나 옛날 일본군들이 만들어놓은 참호를 많이 이용하고 있었는데, 동굴 속 비밀 아지트의 위치를 귀신같이 잘 찾아내는 사람이 바로 박진경 연대장이라고 하였다. 일제시대 일본군 장교로 복무한 곳이 용케도 제주섬이었다는 것이고, 미국 폭격기의 공습을 피하기 위해 제주도 전역의 자연동굴을 구석구석 찾아다녔던 전력이 빛을 보게 되었다는 것이다. 박진경 연대장의 두더지작전이 고지대 마을과 한라산을 종횡무진으로 휩쓸고 간 결과로 유격대와 마을주민들 간의 격리 효과는 대단한 것이었고, 그는 이 같은 공로를 인정받아서 중령에서 대령으로 특별 승진을 했다는 것인데, 이는 선임자를 앞지른 초고속 승진이라고 하였다.

부정태 소위는 소대 병력의 선두에서 수색작전을 직접 지휘하였다. 초심자 소대장이라는 멸시를 받지 않기 위해서는 없는 용기를 가장할 때도 많았다. 길도 없는 가시덤불을 간신히 헤치고 나가야 할 때나, 힘겨운 넓이뛰기 기술을 발휘하여 도랑을 건너야 할 때를 당하거나 하면, 가장된 용기를 보여줄 수밖에 없었지만, 부하들은 그것이 가장된 것인지 아닌지를 몰라주는 것 같았다. 하루 종일 강행군 작전으로 온몸이 땀과 먼지로 뒤범벅이 되기가 일쑤였지만 소대원을 이끄는 지휘관으로서 행군의 선봉에 나서기를 머뭇거릴 수는 없었다. 또 하나, 부정태의 뇌리를 떠나지 않는 강박관념은 제주 출신 소대장이라는 자의식이었다. 부정태와 같이 소위 계급장을 단 소대장들이 스무 명이 넘는데, 그중에 작전 실적이 제일 부진한 소대장이 누군가 알아봤더니 그게 바로 제주 출신이었다고 알려지면, 그럴 줄 알았다는 빈정거림이 나올 것이 상상 속에 떠오르는 것이었다.

입산무장대 비밀아지트를 습격하는 일은 목숨 걸고 적과 마주치는 실전상황이었다. 토벌대의 습격 계획을 미리 예견한 무장대가 어디에 어떻게 숨어서 총질을 할지 알 수 없는 상황인 것이다. 무장대 아지트를 습격하는 첫날부터 부정태 소대장은 초임 장교의 된서리를 톡톡히 맛보아야 했다. 부하들을 인솔하여 무장대 아지트로 짐작되는 자연동굴을 향하여 접근할 때 부정태는 무리지어 가는 소대원들의 한가운데에 위치하고 있었다. 소대장으로서 작전 상황을 한눈에 포착하기 위해서 제일 효과적인 위치가 그렇다고 들었던 것이다. 소대원들 한가운데에 위치하면서

40년 만의 악수

도 부정태는 1분대 분대장인 민 하사 옆에서 나란히 걸어가고 있었다. 급하게 상황 판단을 내릴 때에는 아무래도 실전경험이 많다는 민 하사가 옆에 있는 것이 안심될 것 같았던 것이다. 시야에 나타난 형체가 입산무장대라는 것이 분명하기만 하면 지체없이 방아쇠를 당겨야한다는 생각이 그의 뇌리를 떠나지 않았다. 그랬는데도 막상 그의 사격 대상물이 진짜로 나타났을 때에는 어떻게 총신을 가누었는지 정신을 놓아버리고 말았다. 분명히 어깨에 총을 메고 방아쇠를 정확히 당겼는데 총알이 어디로 날아갔는지는 알 수가 없었다. 다행스럽게도 무장대로 보이는 허술한 차림의 청년 하나가 몸을 꺾고 쓰러지는 모습이 보였다. 아마도 옆자리의 민 하사가 쏜 총알일 것으로 생각되었다. 민 하사와 함께 쓰러진 청년의 몸 상태를 확인하는 동안에 다른 소대원들이 무장대 아지트를 발견하여 쳐들어가는 전공을 세울 수 있었다.

첫날의 실수 원인은 지레겁먹기와 과잉반응이라고 생각한 부정태는 다음 번 작전 출동시부터는 점차로 안정된 마음으로 현장 지휘를 할 수 있었다. 그렇게 하루하루 현장 경험이 쌓이면서 작전지휘의 요령이 자연히 늘어갈 것이라는 자신감도 생겼다.

7절

　박진경 연대장이 중령에서 대령으로 승진하고 두 주일 째가 되는 날 그의 승진 축하연이 열렸다. 연대장의 승진 축하 분위기에 덩달아서 그날 저녁식사에는 푸짐한 특식 메뉴까지 나왔기 때문에 모두들 기분 좋은 하루를 보냈는데, 다음 날 아침 연대장의 피살 소식이 알려졌다. 박진경 연대장이 밤 늦은 시간에 축하연을 끝내고 곤히 잠을 자고있던 중에 당한 일이어서 그야말로 충격적인 뉴스였다. 더구나 날마다 대면하다시피 하던 직속 부하들에게 당한 참살이었기 때문에 전국적인 화제의 대사건이 되었다. 박진경 대령의 장례는 대한민국 육군장陸軍葬 제1호로 기록되었다고 보도되었다. 엄밀한 수사 끝에 이 하극상 사건의 범인은 모두 남로당 프락치들임이 밝혀졌다. 부정태 소위는 이런 기막힌 사건이 어떻게 일어날 수 있었는지 생각할수록 곤혹스러웠다. 차명진 소위가 얼마 전에 말한 것처럼, 4·3 무장봉기 배후의 세력이 은밀하게 숨어있음을 알려준 것이 아닌가. 남로당 프락치는 국군 조직만이 아니라, 경찰이나 관공서 안에도 침투해 있을지 모르는 일이었다. 정부 조직 내의 프락치는 단순한 정보유출 정도의 첩보활동만이 아니라, 대對정부 파괴의 폭력활동에까지 손을 뻗치는 반란군이나 다름없음을 보여준 것이 박진경 연대장의 피살 사건이었다.

박진경 살해범들은 모두 육지 출신들이라는 말을 듣고서 부소위는 무거운 짐이 조금 덜어진 기분이 되었다. 제주도가 빨갱이섬이라는 억울한 누명을 얼마간 벗어나게 해줄 것 같았던 것이다. 그러나 국군부대 내부의 남로당 프락치가 육지사람인 것이 제주도 난리에 대한 그의 두려움을 덜어줄 수는 없었다. 제주섬의 빨갱이는 한라산을 벗어난 곳에도 도처에 숨어있다는 것이고, 여기 국방경비대 내부에 침투해있는 모든 좌익세력이 그에게는 퇴치해야 할 적이었던 것이다.

연대장 살해범들은 본부중대장 문상길 중위와 그 휘하에 있는 4명의 하사관들임이 드러났다. 이 같은 하극상 모반사건의 지휘자인 문상길 중위는 박진경 연대장의 직속 부하인 11연대 본부중대장이라는 사실부터가 충격을 더해주었다. 충격적인 것은 이뿐만이 아니었다. 범인들 중에 하나는 두 주일 전에 부정태 소위를 산지항에서부터 모슬포 영내까지 친절하게 태워다 준 바

로 그 사람, 박진경 연대장의 운전병이라는 장선호 하사였던 것
이다. 그날 그 시간에 그 사람과 만나서 나누었던 이야기들이 부
소위의 머릿속에 다시 생생하게 떠올랐다. 한라산 정기를 먹고
사니까 혁명가의 기백이 나오는 것이다. 혁명은 아무나 하는 것
이 아니다. 그렇다면, 연대장 운전병이라는 그 사람은 한라산을
무대로 군사훈련 받으면서 얻은 영산의 정기를 머금고 혁명을
모의했고 하극상 암살을 감행했다는 것인가.

하극상 살해범들은 즉시 체포되어 서울로 압송되었고, 고등군
법회의의 재판에서 사형 선고를 받고서는 지체없이 처형되었다.
이들의 법정 발언을 통해서 드러난 좌익 프락치들의 투쟁 열기
가 부 소위의 머릿속을 감돌면서 그의 심중을 극도로 혼란케 하
였다.

─죽을 결심을 하고 행동한 것이다. 재판장 이하 모든 법관들
도, 우리가 민족반역자, 극악무도한 지휘관을 처단한 우국충정
에 대해 공감할 줄로 안다.

이것은 문상길 중위의 재판 중 진술이라고 했다. 전쟁 기간에
직속 상관을 죽이면 사형감이 될 것은 충분히 예상했을 것이다.
죽을 각오를 하고 일을 저지른 그는, 민족반역죄를 범한 사람은
자기가 아니라, 박진경 연대장이라고 주장했다는 것이다. 자기
에게 명령을 내리던 직속 상관이 민족반역자이니까 하극상 암살
범인 자신은 죄인이 아니라 애국자라는 말이었다. 문상길 중위

가 조선경비사관학교 3기 졸업생이어서 부 소위나 차 소위보다 군번 상으로는 선배이며 이제 스물다섯 살 청년이라는 사실도 부 소위를 놀라게 했다. 사관학교 졸업생까지도 남로당 프락치였고, 연대장의 운전병처럼 군부대의 핵심 요원까지 남로당 프락치였다는 것이다. 부정태 소위는 문상길 중위의 하극상 저격 사건을 어떻게 해석해야 할지 참으로 곤혹스러웠다.

-하나님이시여, 민족을 위하여 싸우는 국방군이 되게 하여 주시옵소서.

곤히 잠 자는 직속 상관의 가슴에 대고 엠원소총 방아쇠를 당긴 장선호 하사는 사형집행 직전에 이 같은 기도를 올렸다고 했다. 죽어기면서도 하나님을 불러야 되고, 살아있는 동료군사늘에게 민족을 위해 싸우는 국방군이 되어 달라고 기도할 정도로 그의 암살사건은 진정어린 것이었다니, 이해가 잘 되지 않았다.

부정태 소위는 장선호 하사가 사형 집행을 앞두고 하나님에게 기도했다는 말을 전해 듣고서 문득 생각나는 것이 있었다. 바로 며칠 전 남제주 대정면에서 있었다는 어떤 고명한 목사의 생매장 사건이었다. 이도종 목사는 제주도 1호 목사이면서 1호 순교자라고 하였다. 일제강점기에는 상해임시정부로 보내는 독립운동 자금을 모금했다는 혐의로 고문을 받다가 다리를 다쳐 걸음걸이가 불편한 장애인인데, 기독교 불모지인 제주도에서 16년간 10개 교회를 개척한 일로 널리 알려진 인물이라고 했다. 이도종 목사는, '예수의 힘이 그렇게 세다면 공산주의 승리를 위해 기도해 달라'는 남로당 유격대의 요청을 들어주지 않았다고 해서 돌팔매로 살해되어 생매장 당했다는 끔찍한 소문이 나돌았었다. 공산주의 사상의 원조인 칼 마르크스는 '종교는 아편이다'라고 극단적인 종교혐오론을 폈다고 하지만, 아무려면 자기네에게 협조하지 않는다고 해서 무고한 성직자를 죽여야하는 남로당 사람들의 잔혹함이 끔찍스러웠다. 이도종 목사의 생매장 사건 소식을 들었을 때 장선호 하사 심중의 갈등은 어땠을까, 이를 머릿속에 그려보는 부정태 소위의 심중 또한 편할 수가 없었다.

부정태 소위에게 박진경 연대장의 암살사건은 여러 모로 납득이 되지 않았다. 직속 부하들 다섯 사람의 끔찍한 암살 모의를 유발할 정도로 연대장이 어떤 큰 잘못을 범했는지, 떠오르는 의문과 막막한 심정에 쫓기듯이 그가 찾아간 사람은 차명진 소위였다. 그가 가진 폭넓은 시사 지식과 정보에 접해보면 의문이 풀리지 않을까 싶었다. 그 전에도 차 소위는 선배 장교로서의 권위를 내세우는 가운데 자상한 도움말을 해주었음이 생각났던 것이다.

―박진경 연대장 암살범들이 법정에서 했다는 발언, 뉴스에 나온 거 보셨나요? 어떻게 그런 발언이 나올 수 있는지, 저는 무척 헷갈렸습니다.

―나도 그거 봤지만, 헷갈릴 거 없어요. 사람이 믿음이 깊어지

면 헛것이 보이고 못하는 소리가 없는 법이요. 그게 옳은 믿음이든 옳지 않은 믿음이든 그런 거 같소.

—저에게는 하도 황당한 말이어서 이게 꿈이 아닌가 싶었어요. 박진경 대령님이 극악무도한 지휘관이라는 말은 뭘 보고 한 말일까요. 한라산 수색작전이 그렇게 무자비했다는 말인가요?

—박진경 연대장은 취임 첫날부터 무자비한 지휘관이라는 인상을 심어준 것이 사실이오. 취임 제1성이 뭐였는지 아시오? '제주도 폭동을 진압하기 위해서 필요하다면 30만 제주도민들을 모두 희생시킬 수도 있다. 한라산 동서남북에서 꼭대기까지 싹쓸이 하는데 한 달도 걸리지 않는다.' 이렇게 무시무시한 말을 해서 도민들을 공포에 떨게 했소. 일제시대 오사카대학에서 공부한 영어실력으로 미군정 사람들과 친하다는 것 때문에 취임 당시부터 끗발이 당당했다는 점도 있었고, 하여간 안하무인으로 무서운 지휘관이라는 것이 그의 첫인상이었소.

—저도 그런 말을 듣긴 했습니다만은.

—그렇지만, 내가 보기에는 박진경 연대장이 실시한 한라산 두더지작전이 그렇게 무자비한 것은 아니었소. 그건 부 소위도 직접 해봐서 잘 알잖소. 한라산을 샅샅이 수색하면서 공비들 아지트 습격하는 한 달간 작전에서 사망자가 스무 명인가 나왔다고 하지만, 이 정도는 대단한 것이 아니오. 무기 갖고 토벌대에

게 덤비는 사람을 그냥 둘 순 없는 거 아니겠소. 부락민을 체포하면서까지 공비들과 격리시키는 작전은 아주 고심어린 유화작전이라고 할 수 있소. 부락민과 공비들이 접선하는 걸 그대로 둔다면 이건 부락민이 총살감이 되는 건데, 이런 불상사를 미연에 방지하자는 게 박 연대장의 방침이었단 말이오. 부락민을 공비로부터 강제로 격리시키는 과정에서 아예 산으로 올라가 버리는 부락민들이 많이 나와서 오히려 역효과가 되었다는 말도 있었지만, 그건 제주도 주민들이 벌써 붉은 물이 들어버린 거니까 어쩔 수 없는 일이오. 박진경 연대장이 무자비하다는 말은 이전 김익렬 연대장 때하고 비교해서 그렇다는 말일 거요. 김익렬은 남로당 무장대하고 싸우지 않았는데 박진경은 싸웠다, 이거요. 문상길 집단이 보기에 자기네는 남로당에 충성하는 열성 당원이니까 남로당과 싸우는 박진경을 암살해야 한다, 이런 생각을 한 모양이오. 박진경 연대장이 부임해서 열흘도 안 되어 문상길 집단에서 연대장 암살 계획을 세웠다는 말이 있소. 이건 현재 수사가 진행되고 있지만 언젠가는 제대로 밝혀질 때가 올 거요. 연대장의 무자비한 작전 때문에 암살 모의한 건 아니라는 거요.

　ー김익렬 연대장은 아예 공비토벌 작전에 손도 대지 않았다면서요.

　ー제주도 사태 초기에는, 정부에서도 이건 치안상황이므로 군대가 개입할 일이 아니라는 판단을 했기 때문에 경찰만이 폭동

진압에 나섰지요. 그랬지만 5월 총선에 대비해서 지난 4월 17일에 국방경비대에게도 폭동진압 명령이 내려왔는데 김익렬 연대장은 이 명령에는 따르지 않고 무장대하고 무슨 협상을 한다, 유화전략을 쓴다 하면서 세월을 허비한 거요. 만약에 그때 군경이 합세하여 남로당 활동을 제압했으면 벌써 끝났을 일이오. 국방경비대 병력이 1천 명에 가깝고 경찰력도 6백 명이나 되는데 이렇게 막강한 군경토벌대가 남로당 무장대 몇백 명을 퇴치하지 못했겠소? 김익렬은 부락민들이 폭도들과 내통하는 것도 그냥 방치했는데, 그건 이중으로 실책이오. 부락민이 폭도들 먹여 살리는 건 반란군을 양성하는 것이 되니까 실책인데다가, 부락민들을 반란방조죄 죄인으로 만드는 것이니까 그 점에서도 실책인 거요. 남로당 폭동이 조기에 진압되지 못한 결과가 얼마나 엄청난 불행이 된 줄 아시오? 남로당 청년당원들이 선거공무원이나 경찰관을 살해하지, 선거관련 공문서를 훔쳐다가 불 태우지, 투표날 며칠 전부터 마을사람들을 몽땅 야산으로 몰아가서 투표장 가는 거조차 막아버리지, 북제주 두 개 선거구에서 선거무효가 되게 만든 건 김익렬 연대장의 직무유기 때문이었소. 두 군데의 선거무효 사건은 유엔의 결정으로 실시되는 대한민국 정부수립이 국민들의 지지를 받지 못한다는 뜻으로 해석되어 대한민국의 국제적인 신인도를 추락시켰으니, 이 모든 것이 작은 일이 아니오.

—박진경 연대장 때부터 국방경비대 공비토벌이 시작되었다는 건데, 그것 때문에 제주도 사태가 오히려 더 악화되었던 거 아닌가요? 연대장이 피살당할 정도까지 가지 않았습니까.

—그렇게 악화된 원인이 누구에게 있었느냐, 이것이 문제지요. 박진경 연대장은 돌아가셨지만, 그동안 실시했던 치밀한 한라산수색작전이 앞으로 한 달만 더 계속된다면 제주섬에 빨간 색깔이 싹 없어질 거요. 그럴 가능성까지 내다볼 정도로 상황을 개선시킬 수 있었던 박진경 연대장은 유능한 지휘관이었고, 용감한 군인이었고, 진정한 애국자였소. 어째서 용감한 군인이냐. 문상길 등 남로당 프락치들이 경비대 내부에 잠복해 있는 것을 박진경 연대장은 진작 눈치챘을 거요. 남로당 프락치들이 숨어 있다가 토벌대 작전계획을 사전에 탐지해서 누설하는가 하면, 실전상황에서 사보타지 행동으로 토벌대 작전을 훼방 놓기도 하고, 암암리에 무기를 반출하기도 하는 등 기막힌 이적행위를 했는데, 그렇게 불리한 상황에서도 용감하게 토벌작전을 밀어붙인 거요.

—남로당 프락치들을 왜 적발해서 처벌하지는 않았을까요.

—심증만 있지 물증이 없었겠지요. 9연대 시절에는 우리 경비대에 제주 출신 대원들이 많았기 때문에 조심스럽기도 했을 거요. 그렇게 조마조마 불안한 상황에서 김익렬 연대장도 골치 아팠을 테지만, 그 사람은 아예 공비토벌작전을 실시하지 않았기

때문에 암살당할 염려가 없었지요.

  ―김익렬 연대장은 공비토벌에서 전공을 세우고 싶지 않았을까요?

  ―김익렬은 폭도들과 화해하고 협력하는 쪽으로 공을 세우고 싶었던 거요. 폭도들과 싸워서 이기는 것보다 싸우지 않고 이기는 것이 고수가 아니냐, 이런 말은 손자병법에 나오는 건데, 말이야 좋은 말이지요. 산사람들도 이 나라 국민이고 같은 민족이다, 군대는 외적과 싸우려고 존재하는 것인데, 같은 민족끼리 왜 싸우느냐, 이런 주장이었지만, 무슨 일을 하든 어떤 것이 더 중요하냐, 순서를 알아야 하는 거요. 5·10총선은 잃었던 나라를 다시 부활시키는 기초공사이고, 그것도 자유민주주의 신천지 꿈을 실현하는 엄청 큰 중대사인데, 폭력경찰에 대한 제주도 주민들의 원한풀이를 하기 위해 이렇게 중요한 과제를 포기한다는 게 가당키나 하냐 이 말이오. 만약에 김익렬 연대장이 국군 지휘관으로서의 자신의 임무를 올바로 깨달았다면 부락민들의 투표참여를 방해하는 남로당 청년들을 제지했을 것이고, 그렇게만 했어도 제주지역 선거무효라는 엄청난 파장은 없었을 거 아니오.

  ―공산주의자들 없애기 위해서 꼭 총 들고 나가서 싸워야만 됩니까? 국방경비대가 총 들고 무력으로 공비토벌에 나서는 한 상대쪽도 자기방어로 폭력을 쓸 수밖에 없는 거 아닌가요.

  ―그럼, 총 들고 싸우지 않고 어떤 다른 방도가 있다는 거요?

―저는 전에 차 소위님이 하신 말씀을 잘 기억하고 있습니다. 제주도 청년들은 일본유학 갔다오면서 공산주의자가 되었다고 말이죠. 어떤 사람에게서 어떻게 배우느냐에 따라서 좌익도 되고 우익도 된다는 건데, 제주도 공산주의자들에게도 어떻게 가르치고 교화시키느냐에 따라서 달라질 수 있는 거 아니겠습니까? 남로당 프락치를 없애는 것은, 그네들을 범죄자로 만들어서 처형하는 방법 말고도 있을 거 아닙니까. 인간역사를 가르치고 감화시키고 그런 방법 말입니다. 중요한 건 이 사람들도 우리와 더불어 5천년 역사를 함께 살아온 이 나라 국민이라 말입니다. 문상길 같은 남로당 프락치가 우리 국방경비대를 같은 나라, 같은 민족이라고 느끼도록 했으면 그런 하극상 사건을 일으킬 이유가 없을 거 아닙니까.

―허, 그거, 가르칠 수 있는 일이 있고 없는 일이 있는 거요. 공산주의 사상은 한번 들이마시면 토해내지 못한다는 것이 문제요. 공산주의자들에 대해서는 제거하는 방법밖에 없소. 아니, 문상길이나 장선호, 이런 골수 공산주의자들을 감화시키다니, 그건 달걀을 던져서 바위를 깨려는 짓과 같소.

―저로서는 이해하기 어려운 말씀을 하십니다. 차 소위님은 또 이런 말씀도 하셨습니다. 제주도 민중이 남로당 사람들을 지지하는 것은, 부패정권에 대한 제주사람들의 불만을 남로당에서 이용하여 좌경화시킨 결과라고 말입니다. 이런 말씀에 담긴 뜻

이 뭐이겠습니까. 부패정권에 대한 불만이 없어지면 좌경화할 염려도 없어진다는 말씀이니까, 미군정 사람들이 정치를 잘해서 불평불만을 없애면 되는 거 아닙니까.

─아, 부 소위는 답답도 하오. 당신의 그런 말이 바로 전임 김익렬 연대장의 주장이었소. 그때 우리 경비대는 총 들고 싸우는 것보다 선무공작이나 유화방침이 우선이다, 하면서 좌파를 교화해서 귀순시키겠다고 나섰는데, 좌파들이 뭐랬는지 아시오? 토벌대에게는 싸울 용기가 없다느니, 신념이 모자란 증거라느니, 오히려 비웃었다 이거요. 바위에 계란 던지기였단 말이오. 하여간, 김익렬 연대장의 유화전략은 아무 성과가 없이 세월만 가는구나 싶었는데, 그런 와중에 상부의 특명이 떨어진 거요. 더 기다릴 시간이 없다, 폭도들을 무조건 진압하라, 선무공작이고, 유화방침이고 다 쓸데없는 시간낭비다 하는 최고사령탑의 명령이 내려온 거요.

─뭐, 그럴 만한 계기가 있었던 모양이죠?

─그게 바로 5·10총선거인 거요. 총선 날짜 1주일 전에 미군정 장관이 국방경비대 총사령부에 제주도 무장대에 대한 총공격을 가하라는 특명을 내렸고 곧 이어서 유화파 연대장이 강경파 연대장으로 바뀌었다는 거요. 그게 바로 우리 박진경 연대장인 거요.

─그러니까, 강경파 연대장이 들어선 다음에 사태가 호전되지

않았으면, 강경노선으로 바뀐 것 자체가 문제라는 말이 되는 거 아닙니까. 민심을 너무 억압하니까 반발이 일어난 것이고, 김익렬 연대장의 유화방침이 계속되었다면, 오히려 질서유지가 잘되고 선거무효까지 가지는 않았을 것이란 생각을 할 수는 없는 건가요.

―부정태 소위하고 얘기하는 것이 이렇게 힘이 드니 당황스럽소. 선배장교로서 당신에게 충고하겠는데, 나한테랑 그런 말 하더라도, 제발 다른 사람에게 그런 말을 하지는 말아주시오. 그런 생각은 혼잣속으로만 하고, 밖으로 나오면 당신은 이 나라의 국군장교라는 걸 잊지 말라는 말이오.

부 소위는 차 소위의 마지막 말이 귓전에 맴도는 것을 느끼면서 밖으로 나섰다. 차 소위에게 꼭 하고 싶었던 심중의 말을 한 것이었지만, 해놓고 보니 후회가 되었다. 혼잣속으로 생각만 할 일이 있고, 이 나라 군인으로서 말을 해서는 안될 일이 있는 것이다. 강성국 선생의 말씀도 바로 그런 뜻이 아니었나 싶었다.

8절

　박진경 대령의 후임 연대장으로 어떤 인물이 부임할 것인지, 부정태 소위는 기대 반 우려 반의 심정으로 기다렸다. 강경파인 전임 연대장의 재임기간 평가 여하가 후임자 선정의 기준이 될 것이라고 생각되었다. 다음 연대장으로도 일본군 장교 출신인 최경록 중령이 부임하였는데, 그는 전임자의 강경진압 방침을 승계하는 듯하였다. 연대장 살해라는 하극상 국기문란의 대형사건 다음에 있을만한 비상경계의 의미도 있었을 것이다. 수상한 사람들을 체포하거나 심문이나 지시에 잘 따르지 않는 사람들을 사살하는 방침이 계속되었다. 그러나, 군경이 조성하는 공포 분위기에 겁 먹은 주민들이 움츠러드는 반응을 보였기 때문에 대형 살상사건이나 사고가 없는 전반적인 소강상태라고 할 수 있었다. 입산무장대의 준동도 별로 빈발하지 않았다. 평화를 갈망

하는 사회 각계각층의 청원도 압력으로 작용하였다. 서울제우회
濟友會, 광주제우회, 부산제우회 등 타지방에 사는 제주 출신들
의 단체에서 평화적인 사태수습을 촉구하는 청원서가 미군정 당
국과 각 정당이나 사회단체에 연이어 제출됨으로써 무력 행사를
경계하는 여론의 형성에 힘이 되어주었다.

　신임 연대장 부임 후의 소강상태가 예상 외로 장기화되는 것
을 보는 부정태 소위의 머릿속에는 문득 다른 생각이 떠올랐다.
주변 사람들에게 오가는 말들도 그의 생각을 뒷받침했다. 그해
여름은 역사적인 대한민국 창건의 계절이었으니, 미군정이 물러
가고 한민족 자체의 신생정부가 들어서면서 한반도에 살고있는
모든 사람들이 중앙정국에서 어떤 일이 벌어질 것인지 불안하게
바라보고 있었던 것이다. 미군정이 물러가야 진정한 해방의 날
이라고 믿는 제주섬 사람들에게도 그 해의 여름 만큼은 서울 하
늘을 바라보는 마음부터가 조마조마 불안한 가운데 신생 정부의
새로운 정책을 기다리고 있었다 할 것이다. 제주섬 난리의 평정
을 밀어붙일 강력한 추진력이 아직은 허약한 신생정부에서 나올
수 없기 때문에 소강상태가 나오는 것이라는 조심스러운 말도
나돌았다.

　이와는 좀 달리, 작금의 유화적인 소강상태는, 어렵사리 들어
선 신생정부에 대한 국민의 기대에 응답하는 일종의 밀월기간
이라는 말도 나돌았는데, 들어보니 그 말도 그럴듯하였다. 5·10

총선거에서 선출된 국회의원들의 제헌국회가 5월 31일에 개원하였고, 한 달 남짓 헌법제정 기간을 거친 다음에 7월 17일에 대통령책임제의 헌법을 공포하였다. 이어서 7월 20일에는 제헌국회에서 이승만 대통령을 선출하였고, 8월 15일에는 대한민국 정부가 수립됨으로써 만 3년간의 미군정은 마침내 종료되었다. 이합집산 양상의 숱한 정당들을 물리치고 이승만 대통령의 대한민국 정부가 탄생한 것이 제주도의 4·3사태 진전에 어떤 영향이 있을지에 대해서는 여러 가지 구구한 설이 나돌았다. 이승만 박사의 고집불통 성격과 단독정부 집착 등 민족화합에 역행하는 부정적인 측면이 부각되는가 하면, 그런 걱정스러운 측면이 있긴 하지만, 장기간의 외세지배를 벗어나 희망의 자주독립국가가 출현한 것은 애국애족의 화합정신 고취에 결정적인 도움이 될 것이라는 긍정적인 해석도 만만치 않았다. 그동안 미군정의 폭력 만행에 반발하여 한라산에 피신 은거하던 제주도 주민들 가운데에는 이제야말로 충성을 바칠 조국이 탄생했다는 감격어린 전향 선언을 하면서 하산하는 결단을 보인 사람들도 간혹 있었는데, 이런 사람들은 절대다수의 이승만 혐오자들 가운데에서 얍삽한 사이비 애국자라는 평판을 감내해야 했다.

이승만 대통령의 신생정부가 출범하고 열흘도 안 되어서 제주도의 4·3사태가 국지적인 난동에 머물지 않고 국가존망이 걸린 전국적인 문제로 파급 확대되는 돌발사건이 일어났다. 제주도 남로당의 혁명 열기가 이 작은 섬의 영역을 훌쩍 넘어서서 북한에서의 적성국가 건설과 연계되고 있다는 충격적인 사실이었다. 제주섬의 김달삼 집단과 평양의 김일성 집단이 합심 협력하여 적화통일의 대업성취를 향해 과감한 행보를 보인다는 것이었다. 김일성이 그동안 추진해오던 조선민주주의인민공화국 창건의 정당성 성립에 협력하기 위해 제주지역 지하선거 투표지 묶음을 소지하고 김달삼 등 제주도 남로당 지도자 6인이 월북하는 사태는 아직 불안한 출발 단계인 이승만 정부의 위기감을 극도로 고조시켰다. 황해도 해주에서 열린 남조선인민대표자회의에 참가한 김달삼은, 제주사람들이야말로 남한의 어느 지역보다도 충성스러운 좌익 집단임을 증명하는 열변을 토함으로써 김일성 집단으로부터 건국영웅, 인민영웅의 이름으로 열렬한 환영을 받았다고 알려졌다. 제주도 남로당 지도자들이 월북할 때 가지고 갔다는 지하투표지는 5만 명 분을 넘었다고 하니 반정부 좌익세력의 위세가 대단했음을 증거하는 것이었다. 남한의 신정부 구성을 위한 5·10총선에서는 유권자의 절반도 참가하지 않음으로써 제주지역 2개 선거구의 선거무효라는 파행 정국을 초래했었음에 비하여 북한정부 구성을 위한 지하선거에서는 85%의 참가라는 놀라운 결과를 낳았다는 것이 제주도 남로당의 의기양양한 선전이었다.

이 같은 정황을 바라보는 부정태의 기억에 떠오르는 것은 4·3

봉기 지도자들의 원래 목적과 동기에 대한 차명진 소위의 경고 발언이었다. 공산주의 인민혁명의 열기에 차있는 이 지도자들은 미군정의 부패와 폭력경찰의 만행에 대한 제주사람들의 불만에 불을 당기고 이들의 협력에 기대어 결국에는 김일성의 적화통일 사업에 동참하려한다고 주장했던 것이다. 대다수의 제주도 민중은 공산주의가 뭔지를 알지 못하면서도 결국에는 공산주의 맹신자 김일성의 적화통일 야욕을 부추기고 성원하는 웃지못할 결과가 되어버린다는 얘기였다. 제주도 남로당 지도자들이 제주도 백성들의 압도적인 인민혁명 지지를 증명하기 위해 월북할 때 가지고 갔다는, 5만 명 분이 넘는 지하투표지는 사실상 그것이 무슨 뜻인지도 모르고 도장을 찍어준 글자 그대로의 '지하선거' 결과였던 것이다. 공산주의자들의 술수라는 것이 이렇게나 대담하고 교활한 것인가 뒤늦게야 의문을 던지게 된 부정태는 차명진 소위가 어디에 숨어서 자신의 무지함을 비웃고 있지나 않은지 낯부끄러운 생각이 들었다. 어디 저 사람들을 뒤쫓아가서 공산주의 그만두라는 설교를 해보시지, 그런 음성이 어딘가에서 들려올 것만 같았다.

9절

이승만 대통령의 신생정부에서도 제주섬 사태의 심각함을 모르지는 않는 모양이었다. 제주도 남로당에서 5·10총선거를 반대한 것은 결국 김일성 집단의 적화통일에 합심협력하기 위한 준비단계임이 드러난 셈이고, 그리고 적화통일 달성을 위한 남북 간의 협력이 착착 진행되고 있음을 확인하는 판국이 되었으니, 이야말로 발등에 불덩이가 떨어진 격이 되고 있었던 것이다. 남로당 유격대에 대한 강경 진압책이 불원간 등장할 것이라는 징조는 여러 방면에서 나타나고 있었다. 미군정시대의 국방경비대가 대한민국의 정식 국군으로 개편되면서 제주 주둔 병력은 1천 명이 훨씬 넘게 늘어났고, 제주 출신 군인들의 좌파적 성향을 불신하는 나머지 이들을 육지지방으로 전출시키고 이보다 훨씬 많은 육지부 병력이 제주섬으로 전입되었다. 이와 더불어 육지부에서부터 대규모의 경찰력이 응원경찰이라는 이름으로 들어왔고, 무지막지한 멸공의 신념으로 무장된 악명높은 서북청년단이 대거 전입되어 지역사회의 공포 분위기를 고조시켰다. 그런 가운데에서도, 토벌대가 대적해야할 유격대의 준동이 비교적 소형 사건들에 멈추어 줌으로써 소강상태를 유지한 격이 되었다. 남로당 프락치들이 무기를 훔쳐갖고 병영을 탈출하는 탈영사건은 끊임없이 일어났는데, 이들 탈영병들은 유격대원들로 하여금 '국군 병사들 중에도 우리 편이 많이 있다'라는 믿음을 갖게 하면서 한껏 위세를 과시하게 만들었다.

부정태 소위는 신생 정부에서는 앞으로 어떤 방침으로 제주섬의 난리에 대처할 것인지 하는 의문이 관심의 중심에서 떠나지 않았다. 토벌대의 병력을 대규모로 증강시켰다는 것은 강경방침 실시가 임박했음을 말해주는 것이었다. 게다가 대한민국의 초대 대통령으로 취임한 이승만 박사는 공산주의 퇴치가 자신의 국정 지표의 제일 순위임을 공언하는 인물이라고 하였다. 신생정부의 신임을 바탕으로 다음에 들어설 신임 연대장은 어떤 인물일 것인가, 이것은 이승만 정부의 강경한 멸공정책에 따라서 결정될 것이 분명하였다. 부정태 소위는 자신의 궁금증을 풀어줄 사람은 차명진 소위라는 생각이 들어서 다시 그의 막사를 방문하였다. 그는 자칭 이승만 숭배자임을 여러 차례 말한 적이 있었지만, 차 소위가 왜 이승만 숭배자가 되었는지는 들어보지 못했으므로 그 얘기를 듣고 싶기도 하였다.

　－결국 이승만 박사가 대통령이 되셨네요. 차 소위님도 많이 기쁘시겠습니다.

　－기쁘다마다요. 그렇지만, 나 개인적으로 기뻐할 일은 아니오. 이건 우리 민족 전체에 희망을 안겨준 일대 경사인 거요.

　－차 소위님 가문은 대를 이은 이승만 숭배자라고 하셨잖습니까.

　－그렇소. 우리 부친은 20대 청년 시절 이승만 선교사의 감화를 받고 기독교 신자가 되셨더랬소. 난 어릴 때부터 아버지로부터 이승만 선교사에 대한 칭송을 귀에 못이 박히게 많이 들으면서 자란 사람이오. 이승만 선교사의 감화력이 대를 이어 나에게까지 미친 결과로 나는 지금도 독실한 신자라는 말을 듣고 있는 셈이오.

　－우리 대통령께서 기독교 선교사도 하셨다는 겁니까.

　－그렇소. 미국유학 시절에 선교사 자격을 얻고 들어와서 서울 YMCA 전도사로 활동한 적이 있지요. 그 당시 이승만 선교사의 전도 연설을 듣고 신자가 된 사람이 많았다고 해요.

　－우리 대통령이 연설을 잘 하시는 건 그때부터 닦은 실력이네요.

　－전도라는 게 연설 잘했다고 잘 되는 건 아니지만, 이승만 선교사는 영혼 깊은 곳을 울려주는 감화력이 있었다고 들었소. 아,

감옥생활 할 때 옥중 전도를 해서 수십 명 개종자를 배출했던 감화력이었으니 대단한 거지요. 이승만 대통령은 그때 자기 능력에 대한 자신감을 키운 탓으로 우월감을 부풀렸고, 그것이 소통 부재의 정치인을 만들었다고 말하는 사람도 있지요.

—아니, 우리 대통령이 감옥생활을 한 적이 있습니까.

—그렇소. 이 분은 20대 초였던 구한말 때 국민계몽 운동을 했는데, 왕정 폐지를 주장하는 대중연설을 했다고 해서 사형선고 받았던 전력이 있었대요.

—왕정시대에 살고있으면서 왕정 폐지하자는 대중연설을 했다니, 그 용기가 대단했네요.

—우리 대통령, 그렇게 무서운 사람이라는 거요. 무시울 징도로 신념이 강하다 보니까 정적들에게서 고집불통이라는 욕을 많이 듣는다는 거지요.

—우리 대통령에게 정적이란 어떤 사람들을 말합니까.

—이전에는 소위 남북합작파라는 사람들이 정적이었소. 김일성과 협상해서 남북합작 정부를 구성하자는 사람들, 그런 사람들이 정적이었는데 이젠 김일성 집단이 정적이오. 김일성은 북한에 있지만, 김일성 집단은 남한에도 있으니, 그네들과 싸워야 되는 거요. 남반부에 있는 김일성 집단 중에 제일 강한 것이 바로 제주도 남로당이오. 이승만 대통령은 제주도 남로당 무장대하고 일대 결전을 벌일 거요. 신임 연대장이 곧 내려올 거요.

－신임 연대장은 어떤 작전으로 나올 것 같습니까.

－보나마나 초강경 작전일 거요.

－초강경 작전이라면 사람을 많이 죽인다는 건데, 꼭 그래야만 되는 건가요?

－부 소위는 폭도들을 죽이지 말고 교화하고 귀순시켜야 한다고 했지만, 교화시킬 사람이 따로 있지, 공산주의자는 구제불가능하다는 것이 우리 대통령의 신념인 거 같소.

－이승만 대통령은 국제정치학 박사라고 하든데, 그럼 공산주의 연구를 많이 해본 결과로 공산주의에 반대하는 건가요?

－물론 그런 면도 있지만, 우리 대통령은 국제정치의 일선 현장에서 많이 보고 듣고 체험해 본 결과로 얻은 결론이 공산주의 결사반대라는 거요.

－그렇지만, 현재 세계적으로 공산주의 국가가 늘어나고 있잖습니까. 역사발전의 방향이 공산국가로 가고있다는 말까지 있다는데요.

－얼른 보면 공산주의가 역사의 대세인 것처럼 보일 수도 있어요. 자본주의의 모순을 경험한 양심적인 지식인들이나, 제국주의 침략을 맛본 약소민족들, 이런 사람들이야 공산국가에 희망을 걸 만하지요. 그래가지고, 동구권 국가들 대부분이 공산화되었고, 특히 종전 후의 신생독립국가들은 공산주의로 가는 경향이 많은 거지요. 그렇기 때문에 우리 이승만 대통령은 이 같은

공산화 추세를 막아내느라고 애를 쓴다는 거요. 지난 번에 좌우 합작 통일운동 때에는 김일성이 주도한 남북회담을 통해서 하마 터면 한반도가 공산화될 뻔 했지만, 이번에는 무력에 의해서 공산화되는 위기요. 지금 제주도에서 벌어지는 무력 충돌이 바로 그런 위기인데, 다른 지방 빨치산과 합세할 수도 있지만, 더 큰 위험은 북한 정권의 본격적인 지원에서 생길 수 있다는 거요. 이 런 정세이니까, 남한의 빨치산운동을 진압하는 것이 이승만 정부의 지상명령일 수밖에 없는 거요.

－다른 신생국가들이 다 공산화로 가는 추세인데 이승만 대통 령만이 이런 추세를 거스른다는 것이 영 불안하네요.

－그 만큼 이승만 대통령은 역시발전의 미래를 내다보는 안목이 있다는 거요. 동구권 국가들이 공산화되었다고 하지만, 알고보면 마치 소련의 식민지 같이 굴욕적인 종속관계가 되어버렸고, 아시아나 남미의 신생 공산국가들도 강압적이고 폭력적인 통치권력이 득세하고 있다는 거요. 혁명의 수단은 증오와 폭력이다, 이건 공산주의 혁명의 교과서에 나오는 말이오. 무산자는 유산자를 증오하고 폭력을 써야 혁명이 된다는 건데, 제주도 남로당이 허는 짓이 바로 그렇소.

－선배님 말씀은 그러니까, 공산주의는 악이고, 반공은 선이다, 현재의 세계정세로 볼 때, 공산주의가 역사의 대세인 것처럼 보이지만, 결국에는 선이 악을 이긴다, 이런 말씀 아닙니까. 그렇

지만, 처음에는 선인 것 같았는데 나중에 보니까 악이었음이 드러나는 경우도 있을 거 아닙니까.

　─거 참, 어려운 질문 하시네. 내가 인간역사에 통달한 것도 아니니까 답답하오. 당신의 질문에 대해선 나의 대답보다, 우리 이승만 대통령의 말씀을 들어보는 것이 좋을 거 같소. 이승만 대통령은 세계역사의 현재와 미래를 꿰뚫어 보는 안목이 있다는 거요. 일본이 진주만 공격을 할 것을 몇 년 전부터 예견했고, 일본이 결국에는 미국에게 패퇴할 것도 미리 예견했던 분이란 말이오. 이승만 박사는 오랜 생애를 통해서 그의 주변에 있는 반대자들과 노선 다툼을 할 때가 많았는데, 그가 내세운 정책 노선이 주변 사람들의 박수갈채를 받으면서 채택된 경우는 별로 없었다는 거요. 그렇지만, 나중에 전개되는 역사를 보면 이 분의 선택이 옳았다는 것이 판명되더라는 거요.

　부정태 소위는 뭐라고 대꾸할 수가 없었다. 차 소위가 하는 말에 대항할 만한 지식 밑천이 자기에게 없다고 생각되기 때문이었다. 차 소위로 말하면, 사관학교 수석 졸업자라는 전력이 여기 일선 전쟁판에서까지 끗발을 세운다는 것인지, 제주도 주둔 국군장교 집단에서 알아주는 엘리트로 통한다는 생각이 부정태의 뇌리에 감돌고 있었다. 또한, 차 소위가 가끔 제주섬의 역사와 풍속에 대해 물어올 때에도, 만족할 만한 대답을 못하는 것에 대해 창피하게 생각하는 부정태로서는 박학다식한 차 소위 앞에서 더욱 움츠러드는 것이었다.

10절

　제주도 주둔 공비토벌대의 강경 방침이 아직 소문으로만 떠돌고 있던 그 해 10월 19일에 여수순천 반란사건이 일어났다. 이 사건은 육지부에서 일어난 점만 달랐지 이승만 대통령의 우익정권에 대한 무력항쟁이라는 점에서는 4·3사건과 다를 것이 없었다. 여수에 주둔 중인 국군 14연대는 좌익반란으로 곤경에 처한 제주도의 군경 토벌대를 지원해주도록 차출 명령을 받았는데, 14연대 영내의 남로당 프락치들은 그들의 지도자인 지창수 상사의 명에 따라 반기를 들고 일어나 무기고와 탄약고를 점령하였다. 지창수 상사의 선동은 극렬하였다.

　―반동경찰을 타도합시다. 우리는 동족상잔의 제주도 출정을 절대 반대합니다. 지금 북조선 인민해방군이 남조선 해방을 위해 남진해 오고 있습니다. 이승만은 인민을 버리고 일본으로 도

망갔습니다. 우리는 이 시간부터 북진하는 인민해방군이 되는 것입니다.

북조선 인민군의 남진 소식은 날조된 것처럼 보였지만, 긴가민가 불안한 병사들에게는 극도의 공포감을 자아냈다. 극렬 지휘자의 선동에 따르지 않는 병사 3인을 즉석에서 사살하자, 더 이상 반대자가 나오지 않았다. 급거 동원된 2천 명 가량의 반란군은 캄캄한 야밤을 틈타서 관공서를 비롯하여 여수 시내 전역을 점령하였고, 경찰과 민간인 1천여 명이 학살 당했다. 이들 반란군이 다음 날 순천지역까지 장악할 때에는 광주 주둔 4연대의 1개 중대까지 들고 일어나 무장봉기에 가담하였다. 객관적인 정세 파악이 불가능한 가운데에도 여기에 동조하는 시민과 학생들까지 합세함으로써 더욱 당당해진 반란군들은 살인, 방화, 약탈을 자행하였다. 정부는 여수순천지역에 계엄령을 선포하고 10개 대대의 병력을 급파하여 총력전을 벌인 결과 1주일만에 전세를 역전시키고 치안질서를 회복하였다. 그러나, 쌍방의 사망자는 3천 명을 헤아릴 정도였고, 이 나라 통치권력의 기초가 잠시나마 그리도 쉽게 붕괴될 수 있는지, 의문을 자아내는 충격적인 사건이었다. 아무리 반란군 지휘자들의 도발이 국기문란의 위험 천만한 작태이기로서니, 이들에게 합류한 병력과 시민들이 그렇게 많을 수 있었던 것은 그만큼 제주도 4·3사태에 대한 정부방침 자체에 문제가 많았음을 보여준다는 말이 나올 수밖에 없었다. 여하간에 여순반란사건에서 중앙정부가 취한 초강경 진압방침은 앞으로 제주섬 사태에 얼마나 단호한 조치가 나올 것인지를 짐작케 했다.

11절

여순반란사건 소식을 전해 들은 제주섬의 빨치산 부대는 용기 백배한 듯이 환호하였다. 이에 앞서 9월 9일에 있었던 김일성 정부 수립으로 남한의 좌익세력이 의기충천하고 있던 시기였기 때문에 반란의 불길은 더욱 뜨겁게 달아올랐다. 김일성에게 충성하고 협력하기 위해 월북해버린 김달삼의 뒤를 이어 제주지역 인민유격대 사령관이 된 이덕구는 좌익운동의 전국적인 파급 형세를 읽어낸 듯이 이승만 신생정부를 향해 선전포고를 감행하였다. 여순반란사건은 정부군에 의해 신속하게 진압되었지만, 정부군의 월등한 전투력이 부재했더라면 승패의 가능성이 뒤바뀔 수도 있는 정황이었다는 것이 부정태 소위의 머릿속을 혼란케 만들었다. 이덕구 사령관의 남로당 유격대는 토벌대에 맞서 싸우는 더욱 격렬한 항전을 감행하였다. 애초에 김달삼이 지휘한 무장봉기가 미군정의 통치노선에 반발하는 외로운 투쟁이었다면, 이덕구가 지휘하는 투쟁은, 북한을 방문한 김달삼 일행이 북한 정부 수립에 조력한 대가를 기대하는 나머지, 신생 이승만 정권의 존립 자체를 흔들기 위해 발벗고 나서는 모양새였다. 김일성 정권이 남한의 빨치산 운동을 도와주게만 되면 이승만 정부의 방어력은 그야말로 백척간두에 서게 될 운명인 것이다. 유격대가 사용하는 무기가 달라진 것도 그들의 항전 태세가 더 격렬해진 원인이 되었다. 그전에는 일본군이 제주도 주둔 때 쓰다가 남겨둔 낡은 구식 무기가 그들의 주요 무기였지만, 이제는 미군이 공비토벌대에게 제공해준 신식 무기가 남로당 프락치들의 손으로 유출되어 쓰이고 있었던 것이다.

여순반란사건의 긴박한 소용돌이 속에서 이덕구 무장대 사령관은 이승만 정부에 대한 '선전포고문'을 도내의 각 마을에 뿌렸다.

〈친애하는 국군장병, 경찰관들이여, 당신들의 총부리를 잘 살펴보라. 그 총이 어디서 나왔느냐. 그 총은 우리들의 피땀으로 이루어진 세금으로 산 총이다. 총부리를 당신들의 부모 형제 자매들 앞에 쏘지 말라. 그 총을 총 임자에게 돌려주라. …… 우리에게 총을 겨누는 것은 유구한 제주도 역사 앞에 반역죄를 짓는 것이다. 제주도 인민들은 당신들을 믿고 있다. ……. 침략자 미제를 이 강토에서 쫓아내기 위해, 매국노 이승만 집단을 반대하

71

기 위해 당신들은 총부리를 그놈들에게 돌리라. 우리는 그놈들과 싸워 이기기 위해 가슴 한복판에 증오와 분노의 뜨거운 불을 지필 것이다. 당신들은 인민의 편으로 넘어가라. 내 나라 내 집 내 부모 내 형제를 지켜주는 빨치산들과 함께 싸우자.〉

부정태 소위는 이 전단을 꼼꼼히 여러 번 읽어보았지만, 정부에 대한 선전포고문이라기보다는 군경 토벌대를 향하여 반정부 반란에 동참할 것을 촉구하는 호소문 같은 인상이 들었다. '선전포고문'이라는 표현은, 아마도 이덕구의 빨치산 운동이 반정부 반란임을 부각시키기 위해서 정부에서 쓰기 시작한 단어일 것 같았다. 여기에서 우선 눈에 띄는 것은, 이 간곡한 호소문을 읽어줄 상대는 정부나 국민이 아니고 군경 토벌대로 나와있다는 것이었다. 이 호소문이 여순반란사건이 일어난 10월 19일에서 5일 뒤인 10월 24일에 나온 것임을 감안하면, 여수지구 14연대의 반정부 반란에 동참하자는 의미가 더욱 명확하게 드러난다고 생각되었다. 이덕구의 호소문은, 제주도의 군경 토벌대로 하여금, 그들의 총부리를 제주도 인민을 향하여 겨누지 말고 침략자 미제와 매국노 이승만 집단에게 겨눔으로써 빨치산 부대와 동지가 되어야 한다고 경고를 하고 있지만, 그렇게 해야하는 이유에 대한 설명은 빈약해 보였다. 경찰과 군대는 제주 인민의 적이고 자기네 입산무장대가 인민의 편이라고 말하지만, 그네들을 문전박대하면 신상에 위해가 될까 봐서 먹을 것을 내주는 부락민들을 자기네 동지라고 착각하는 것은 아닌지 연민의 정이 느껴지는 것이었다.

부정태는 이덕구의 대對국민 전단을 꼼꼼하게 읽어보았지만, 그 어조가 절박한 것에 비하면 정작 국민들의 공감을 얻는 호소력이 담겨있지 않았고, 무장투쟁의 당위성에 대한 설득력이 미약해 보였다. 만약에 자신이 현재의 이덕구와 같은 인민무장대 사령관의 입장이 되어 대국민 호소문을 만들어 뿌린다면 어떤 내용을 담았을지 상상해 보았다. 우선, 이덕구의 호소문에서 공산혁명을 제창하는 구절이 없는 것은 전략으로 봐서도 괜찮을 것이다 싶었다. 만약에 김달삼의 해주 방문 도발처럼 신생 북한 정부의 수립에 협력하겠다는 부분이 이 호소문에 포함되었더라면, 이승만 정부의 단호한 멸공정책과 이에 따르는 본격적인 빨치산 진압 방침을 불러올 것이 아닌가. 이덕구의 기본 노선이 김달삼하고 다르기 때문인지, 그냥 전략상의 차이인지 모르지만, 북한정부의 수립에 협력하겠다는 부분이 없다는 것이 부정태의 주의를 끌었다. 토벌대와의 적대관계만을 부각시키는 이 정도의 호소문이라면, 빨치산 격멸의 기존 방침이 이어지는 것이므로 앞으로 상당 기간 현상 유지의 전략이 계속될 것이 아닌가 싶기도 했다. 그렇기는 하지만, 이승만 정부와 미제美帝를 향하여 총을 겨누자는 등, 빨치산이 반정부 국기문란 집단임을 공언하는 것은, 유격대가 토벌대의 정당한 공격 대상임을 자인하는 격이 되지 않겠는가. 대한민국 정부를 향하여 총을 쏘자는 것은 정부의 존재이유를 부정하는 것인데, 그런 투쟁을 언제까지 벌일 것인지, 그것이 가능하리라고 생각하는 것인지, 막막한 일이 아닌가. 싸워봐야 질 것이 뻔함에도 불구하고 싸우는 것은 바보짓이 아닌가. 기껏해야 수백 명에 불과한 무장대 병력, 그것도 전투준비가 되지 못한 병력을 가지고 어떻게 이승만 정부나 미국을 상대로 싸운단 말인가. 만약에 제주도 무장대가 이승만 신생정부를 향하여 진정성 있고 수용 가능한 요구를 한다면, 정부는 무력진압을 하는 대신에 그 합당한 요구를 들어주겠지만, 지금 남로당 유격대는 수용 불가능한 요구를 하면서 극한적인 무력투쟁을 벌이고 있는 것이 아닌가. 제주도민의 민생문제 해결이나 부정부패의 시정과 같이 정부에서 수용할 수 있는 요구를 한다면 그것은 민주국가 국민으로서의 정당한 권리라고 할 것이다. '부당한 양곡 공출 반대'나 '관헌과 결탁한 밀수모리배 척결'과 같은 항의나 요구라면, 정부의 공감과 수용을 유도할 수 있을 것이 아닌가. 이렇게 본다면, 이덕구의 호소문 가운데 군경토벌대를 향하여, 총부리를 당신들의 부모 형제 자매들 앞에 쏘지 말라는 구절은 합당한 요구의 견본이 될 수 있을 것이지만, 총부리를 매국노 이승만 집단에게 돌리라는 구절은 하늘을 향해 총을 쏘는 것처럼 공허한 일이 아닌가.

군경토벌대에게 이승만 정부에 대한 반란에 동참하라고 호소할 것이 아니라, 이승만 정부의 부정부패와 제주도민 탄압을 공격 대상으로 투쟁했더라면 사태가 어찌 되었을까. 그것은 국가의 존재 이유를 인정하되 국가정책의 방향에 대한 시정요구라는 당연한 처사가 될 것이다. 국가는 국가의 존립근거를 위협하는 폭력집단을 제압할 의무가 있을진대, 이런 의무를 저버릴 때 국가의 존립 자체가 흔들리지 않겠는가. 이승만 정부와 군경토벌대로 하여금, 제주도 주민들을 국가전복의 반란 집단으로 간주하게 만들고, 그러다 보니 제주사람은 육지사람들과는 나라와 민족이 다른 딴 세상 사람이라고 보는 황당한 사태가 된 것이 아닌가. 그것은 마치 육지 사람들이 알아듣지 못하는 제주말을 쓰는 것 때문에 제주사람들을 딴 나라 사람으로 인정해 버리는 격이 아닐까. 어원과 유래를 따지고 보면 제주말도 한국말과 꼭 같은 어족임을 알려준다면, 제주사람들이 같은 나라 같은 민족임을 체감했을 것이 아닌가. 이런 생각을 하는 동안 부정태는 사관학교 다닐 때 육지 출신 동료학생들로부터 모욕적인 놀림을 받았던 일이 떠올랐다. 그가 제주도에서 올라온 것을 처음 밝혔을 때 그들은 우루루 몰려와서 이 말 저 말 묻기 시작했다.

─야, 그럼, 너 기차는 안 타 봤겠구나.

─야를 그렇게 놀리지 말라구. 얘는 기차보다 더 고급인 기선을 타봤다니까.

─야, 제주도엔 지금도 말을 많이 기르니? 그러고 보니, 너 얼

굴이 말상像으로 생겼다야. 그런다고 하드라, 새를 오래 기르다 보면 사람도 새 얼굴이 된다는 거잖아.

부정태는 이들의 놀림말 듣는 것이 화가 나서 제주도 방언으로 돗수높은 욕설을 몇 마디 해주었다. 그것이 욕설인 줄 모르는 학생들은 엉뚱한 대꾸로 응수하였다.

─야, 너 외국어 공부 많이 했다야. 나 좀 가르쳐 줄래?

부정태의 화풀이 방식은 완강한 거리두기와 묵묵부답이었다. 그들과 대화하거나 같은 자리에 있기를 피하기만 하면 자존심 상할 일이 없었고, 혼자 조용히 있기를 학교생활 수칙으로 삼은 결과 학과성적 만큼은 확실하게 상위권을 유지할 수 있었다. 제주섬 안에서도 우리가 육지사람들 공연히 건드리는 일 없이 이런 식으로 거리두기 방침으로 나간다면 괄시받고 핍박받을 일이 없을 것이 아닌가. 육지사람들이 들어와서 그네들 화낼 일만 만들지 않고 우리가 딴 나라 사람이 아니라는 것을 보여주면 될 것이다. 공연스럽게 제주사람들은 공산주의자라는 인식을 심어주지 않았으면, 그리하여 제주도 무장대의 뒤에는 김일성 폭력 집단이 도사리고 있다는 등 책 잡힐 꼬투리를 만들지 않았다면, 이승만 정권이 제주사람들에게 트집잡을 큰 구실 하나는 없어질 것이 아닌가. 그러나 세상일이 말처럼 쉽게 풀릴까, 하고 생각하니 상상의 나래는 더 이상 나아갈 수 없었고, 자신이 부질없는 상상 공상에 빠졌음을 깨달은 그는 싱거운 실소를 머금고 말았다.

자신이 속한 집단은 무장대가 아니라 토벌대인 것을 깜빡 잊어
버렸던 것이다.

12절

여순반란사건이 진압된 후 5일 만에 차명진 소위는 1계급 승진과 함께 여수지구 14연대로 전출 명령을 받았다. 능력을 인정받은 차 소위가 14연대의 비상 걸린 상황을 수습하는 데에 필요한가 보았다. 부 소위는 차 소위가 떠나기 전에 어떻게 작별 인사를 할까, 생각하던 차에 구내 식당에서 그를 보고서는 잘됐다 싶어서 제꺽 그의 자리로 다가갔다. 그는 그날 스케줄이 급했는지 아침 일찍 첫 손님으로 나와있었던 것이다.

―승진을 축하합니다. 전출 가시는 건 섭섭하게 됐습니다만은.

―그거야 뭐, 상명하복 아닌가.

―여순지구에도 큰불은 다 꺼졌을 거 아닙니까.

―큰불 꺼진 다음에 잔불도 무섭소. 그곳에서도 산악지대로 도피한 악질 공비들이 언제 나타날지 모른다네. 난세여, 난세.

—남한에 난리는 그칠 줄 모르는데, 북한에는 어떻습니까. 거기엔 반란이 없는가요?

—북한에선 반란이 있을 수 없다는 거요. 김일성 정권에 반대하는 사람들은 일찌거니 다 나가라고 했거든. 김일성 정권 하에서 고생할 것을 내다본 지주나 지식인 계층, 기독교 신자, 여기에다 친일 경력자까지 다 알아서 남반부로 떠나 준 거지. 줄잡아 수백만이나 되는 대집단이 탈북을 한 거요. 그만큼 북반부는 사람 살 데가 못된다고 판단하여 내려왔다는 것이고, 남북한 간의 체제경쟁에서 남한이 이겼다는 증거요. 이들 탈북자들이 우리 이승만 대통령의 든든한 지지파가 된 것이고, 나 자신이 그런 사람이오. 이승만 대통령 같은 열렬한 반공주의자가 있다는 것은 대한민국의 천운이오. 난 평양에서 김일성이 떠벌리는 연설을 한번 들어보고서는 말짱 허풍이라는 심증이 갔소. 그날 안으로 보따리를 쌌지. 남한에선 반란이 일어날 수밖에 없소. 정부에 반항하는 남로당 범법자들 일부만이 북반부로 가버렸고 좌파 대부분이 남아있어서 반란을 일으키는 거요. 지금 남한에선 한라산만이 아니라 지리산이나 태백산맥에 포진한 빨치산을 어떻게 퇴치하느냐, 이것이 신생 정부의 급선무인 거요.

—미군정 때하고는 뭔가 달라지는 게 있지 않겠습니까.

—신생 정부는 그 나름대로 긴박한 과제를 앞두고 있소. 우리 정부가 탄생한 건, 당신도 알다싶이, 유엔에서 승인하고 감시까

지 해준 5·10총선의 결실로 이루어진 거요. 금년 연말에 열리는 유엔총회에서 이승만정부의 건립을 정식으로 승인하는 순서가 남았단 말이오. 안정된 북한정권에 비해 반정부 폭동이 그치지 않는 남한정권의 정통성이 유엔에서 논란거리라는 거요.

　─반정부 폭동의 양상이 제주섬과 육지부가 어떻게 다른가요.

　─빨치산과 그 거점 마을이 내통하는 유대관계로 보면 아무래도 제주도에 비해 육지부가 덜할 거 같소. 반정부 열기로 봐노 육지부가 좀 덜할 거 같고. 그런 걱정은 덜 되겠지만, 육지부는 땅바닥이 넓으니까 더 막막한 점이 있을 거요.

　─아무래도 여기서 얻은 경험이 도움 되지 않겠습니까. 그런데, 그동안 여쭈어 보고 싶어도 미안해서 꺼내지 못한 질문이 하나 있습니다.

　─나, 그렇게 무서운 사람 아니오. 무슨 얘긴데 그러시오.

　─선배님의 화려한 과거 경력이 말입니다, 앞뒤가 잘 맞지 않는단 말씀입니다. 평양사범학교 다음 경력이 조선총독부, 그 다음에 사관학교, 좀 이상하지 않습니까. 그럴만한 내력이라도 있었는지 말입니다.

　─허긴, 나 자신이 내 경력을 돌이켜봐도 그런 생각이 들어요. 뭐, 비밀로 숨길 일은 아니오. 일제시대에 내가 다닌 평양의 소학교에선, 일등으로 졸업하는 사람은 평양사범학교 진학이 전통이었소. 그건 사범학교에서도 마찬가지였소. 수석졸업자는 조선

총독부에서 데려가는 게 관행이었소. 나 자신의 선택이 아니라, 남이 시키는 길을 간다는 게 떳떳한 일이 아니었지만, 그 시대에 누군들 자신이 선택한 길을 갔겠느냐는 생각이 들기도 했소. 그 다음 사관학교 지망은 나 자신의 선택이었소. 김일성 연설을 듣고서 단박에 탈북을 결심했지만, 김일성 집단 타도의 결심이 섰는데다 생계수단이 막연한 처지에 사관학교 입교는 최선의 선택이었소. 게다가 뒤늦게나마 내가 지난 날 민족을 파는 매국노였음을 깨닫고 회개하는 심정도 있었소. 어렵게 되찾은 나라를 지키는 군인 되는 것이 보람있게 생각된 거요. 난 남한의 반공정권에 충성을 다 바친 셈이오. 그 당시 남북분단이 확정된 다음에 우리 평양사범학교 동창생을 여기 남한에서 세 사람이나 만났는데 난 이 동창들을 모두 사관학교에 입교하도록 만들었소. 마침 그때 사관학교 5기생 모집은 군대경력보다도 정규학교 학력을 우선한다고 해서 우리 결심을 더 쉽게 했더랬소.

─제가 이런 질문을 진작에 했더라면, 좋은 추억담을 많이 들을 뻔 했습니다.

부정태는 그동안 차 소위하고 나누었던 얘기들이 두서없이 떠오르면서 그것들에게 새로운 무게가 실리는 것을 느꼈다. 차 소위에게서 들었던 소신에 찬 발언들이 그의 남다른 이력을 배경으로 하고 있었다는 것이다.

13절

    차명진 소위의 전출 모습을 보는 부정태 소위는 착잡한 마음
이 되었다. 저렇게 확고한 신념이 있는 사람이니까 그의 언행들
하나하나에 힘이 넘쳐나는 것이라 여겨졌다. 부정태는 그것이
부러웠다. 차명진 소위가 가진 신념을 그대로 자기 것으로 할 수
는 없다고 생각 되지만, 신념을 갖는 것 자체는 부러울 수밖에 없
었다. 자신도 차 소위처럼 나름대로 확고한 신념의 소유자가 되
기 위해서는 우선 무엇을 자신의 신념으로 할 것인지 이것부터
먼저 알아야 할 것이라고 생각되었다.

    부정태는 신념에 찬 군복무를 하고 있는 차명진의 경우를 자
신과 비교해 보았다. 군경토벌대의 존재 이유는 남로당 빨치산
을 분쇄하는 것이라는 차명진의 신념은, 이 나라의 운명을 구하
려면 공산주의 집단을 격멸해야 한다고 믿는 데에서 출발하고

있음에 비하여, 부정태 자신은 이 같은 신념을 가질 수 없었다. 부정태가 제주 출신 국군장교로서 어떤 양심적인 신념을 가질 수 있으려면, 군경 토벌대의 강경 진압 방침에 따르면서도 제주 사람들이 당하는 핍박과 희생을 최소화하는 방법을 찾아야만 했다. 공산주의에 대한 불신과 증오를 키울 정도로 인간역사에 대한 지식과 이해가 따라주지 않는 처지이면서도 반공정부의 정책에 충성해야 하는 것이다. 개인적으로는 공산주의에 대해 찬성하든 반대하든 군경토벌대의 무자비한 진압방침이 필요하지 않게 만드는 것이 중요하였다. 만약에 제주지역 백성들과 빨치산 사이의 연결고리를 단절시켜서 일반 민간인은 유격대 활동과 무관하다는 것을 증명할 수만 있다면 토벌대의 무고한 양민 학실 방침은 무의미하게 될 것이었다.

여러 가지 정세를 보건대, 작금의 애매한 소강상태는 불원간 종료되면서 강경 토벌작전이 시작될 것이 뻔하였다. 이 같은 상황 변화에 맞추어서 자신이 취할 행동 지침을 마련하느라고 부정태는 고심에 고심을 거듭했다. 제주지구에서 제주 출신 국군장교는 나 한 사람인데, 나의 특수한 처지를 이용할 수 있는 뭔인가 계책이 있지는 않을까. 중요한 것은 빨치산과 부락민들의 연대관계를 어떻게 단절시키느냐 하는 문제였다. 군경토벌대가 한라산 빨치산을 무찌르는 일을 포기하는 것은 이 나라 국군 장교로서 고려 대상이 될 수 없었다. 부정태가 제주 출신 국군장교로서 떳떳한 신념을 가질 수 있으려면, 군경 토벌대의 강경진압 방침에서 제주사람들이 당하는 핍박과 희생을 최소화하는 방법을 찾아야만 했다. 어떻게든지 군경 토벌대가 현지 주민들과 빨치산 간의 연결고리를 끊어놓는 것이 관건인데, 여기에 무슨 묘수는 없을까. 그것이 가능하기만하면, 빨갱이 혐의로 주민들이 죽어가는 일이 없어질 것이니 제주도 사회의 공포 분위기는 크게 완화될 것이다.

부정태는 한라산 빨치산이 부락민들에게서 먹을 것을 얻어가는 방식들을 떠올려 보았다. 부락민이 빨치산의 요청을 순순히 들어주는 경우도 많이 있지만, 총칼을 들이대고 협박하여 뭐를 내놓으라고 하는 경우도 있는 모양인데, 그것이 자진해서이든 아니든 빨치산과 접선한 부락민은 빨갱이 혐의를 받게되고 그것은 곧 죽음으로 가는 길이었다. 마을사람들이 생각해 낸 묘수는 '내 손으로 내주지는 못하겠으니, 그냥 아무도 몰래 훔쳐가시오' 이러는 것이라고 했다. 먹을 것을 주인 몰래 훔쳐가는 것 때문에 그 주인을 벌할 수는 없을 것이라는 계산이었다. 그런데 이와 비슷하면서도 다른 사례가 있었다. 어떤 상황이었는지, 주인을 꽁꽁 결박해 놓고 먹을 것을 털어가는 경우였는데, 이때에도 그 주인을 문책할 수는 없었다. 주인을 결박했다는 것은 주인의 의지가 개입하지 않았다는 것이므로 이를 두고 빨갱이 혐의를 씌울 수는 없었던 것이다.

부정태는 이것이 바로 그가 찾고있던 고난도 문제의 정답이라는 생각이 들었다. 공비가 들이닥쳐도 집주인이 결박당한 채 먹을 것 지원이 가능하도록 하면 될 것이 아닌가. 이런 일이 가능해지기만 한다면 부락민들은 오히려 결박당하기를 원할 것이다. 빨갱이 혐의에서 벗어나기 때문이다. 토벌대 편에서 좋은 점은, 산사람과 민간인 사이가 동지관계가 아님을 증명할 수 있고, 무고한 양민학살을 방지할 수 있다는 것이다. 제주섬 백성들은 남로당에게 협력하지 않는다는 것이 증명 되면 토벌대의 강경작전이 필요 없어진다. 이런 사실이 모두에게 인정되면 남로당도 지금처럼, 제주지역에 남로당 동조자가 이렇게 많다고 선전해 봐야 소용이 없을 것이다. 산사람들 입장에서도 먹을 것을 구할 방도는 남아있어서 굶어죽지 않아도 되니 마다할 이유가 없다. 다만, 산사람들은 마을사람들에게서 지원을 받는다는 느낌이 들지 않을 것인데, 이는 오히려 두 집단 간의 밀착관계를 떼어놓는 것이니까, 제주섬의 좌경화를 가로막는 좋은 방도가 될 것이다. 공비 지원 사실이 후환이 됨으로 해서 공비와 부락민 간에 원한관계가 되는 일도 없어진다. 집 주인이 공비 얼굴을 알게 되었다는 것이 그 공비의 신상에 후환이 된다고 해서 먹을 거 내어 준 주인을 죽이는 수가 있었는데, 이런 위험을 피하기 위해서는 얼굴에 복면을 하고 가택침입을 하면 될 것이다. 토벌대와 공비들 간에 무기 들고 싸우는 접전의 필요가 적어지니 평화적인 선전선동만이 있게 되고, 그러는 동안에 누가 새 시대의 주인인가가 결정될 것이 아닌가. 박진경 연대장의 작전도 유격대-부락민 사이의 격리를 목표로 하였지만, 작전의 최종 목적은 다르다. 박진경 연대장이 노렸던 것은, 유격대를 굶겨죽임으로써 남로당 군사부의 섬멸을 기하고 이로써 남로당의 인민혁명 운동을 좌절시키는 것이다. 이에 비해 부정태가 뜻하는 유격대−부락민 간 격리작전의 최종 목표는, 제주섬 주민들이 남로당의 인민혁명 운동에 관심이 없음을 증명함으로써 제주섬 전체의 좌익세력을 평화적으로 무력화시키는 것이다. 부정태는 오랜 고심 끝에 도달한 묘책이 가상하게 여겨지면서 앞으로 있을 자신의 활동에서 새로운 희망이 느껴지는 것이었다.

부정태는 모처럼 어려운 수수께끼를 풀어낸 결과를 어떤 방법으로 활용할 것인지 다시 고심하기 시작했다. 그가 애써 고안한 이 기발한 작전계획의 성공 여하는 사실상 유격대 지휘자가 이를 어떻게 수용하고 실천해주느냐에 전적으로 달려있었다. 이제는 이 충정어린 계획을 유격대 지휘자에게 전달하여 그 진정한 취지를 납득하고 수용하도록 만드는 것이 당장의 과제였다. 이 계획의 내용을 비밀 메시지에 써넣어서 유격대 누구의 손에 전할 것인지는 벌써 정해져 있었다. 허만호였다. 강성국 선생을 통하여 허만호에게 이 메시지를 전할 수 있을 것이다. 허만호는 지금 남로당 유격대 사령관의 부관이 되었다는 소문이 있었다. 제주도청에 근무한 경력이 유격대 전략 수립에 유용할 수 있을 것이고, 그렇게 되면 그의 발언권이 더 커질 것이다. 사람 죽이지 않고 누구의 원망을 사는 일 없이도 유격대가 먹을 것, 입을 것을 얻을 수 있는 묘안을 구상한 부정태는 여기에다 〈폭력이 없는 물자보급 방안〉이라고 이름을 붙여보았다. 유격대의 입장에서 본 명칭이었다.

부정태는 자신의 방안이 훌륭한 착상이라고 생각이 되면서도 다른 한편으로는 걱정이 되었다. 그 자신의 마음으로는 죽고 죽이는 접전을 피하고 평화적으로 문제를 풀어가는 충정어린 전략이라고 생각되지만, 유격대 쪽에서 어떤 판단을 할지 어떻게 알겠는가. 그네들과는 적대관계인 토벌대의 긴교한 책략이라고 간주하여 거들떠보지도 않는다면 어떻게 할 것인가. 부정태는 머릿속에 정리된 〈폭력이 없는 물자보급 방안〉을 백지에다 정성껏 써넣은 다음에 마음 한 구석에 남아있는 생각 하나를 덧붙여 써넣고서야 걱정이 조금 가셨다. '토벌대는 부락민들을 죽이고 싶지 않다네. 부락민들이 산사람들에게 먹을 거 내주는 것은 좋다. 그러나, 부락민들은 그 일 때문에 토벌대에게 죽을 것이 걱정되고, 부락민들이 토벌대에게 죽음을 당하면, 그 부락 안에서는 산사람들까지 미움받게 된다는 것을 알아주게.' 이런 말을 써넣고 나서도 뭔가 부족한 것 같았다. 그는 기어코 문장 몇 개를 더 써넣었다. 그러자 걱정이 조금 덜어지는 것 같았다. '좌파든 우파

87

든, 제주사랑은 우리에게 공통되는 마음이 아니겠나. 어떤 형태의 폭력이든 사태의 악화를 불러올 것이니, 유격대의 폭력행위는 토벌대의 연쇄 폭력을 가져올 것이 두렵네. 나의 충정어린 고언이라네.'

허만호는 똑똑한 사람이니까 한 마디 들으면 열 마디를 알아들을 것이다, 부정태는 이렇게 희망을 걸어보는 것이었다.

14절

강성국 선생은 예전처럼 부정태를 반갑게 맞아주기는 했지만, 두 사람이 나눈 이야기들은 그전처럼 유쾌한 것이 될 수 없었다. 그 전에 부임 인사 차 방문했을 때에는 초임 발령 받은 것에 대한 덕담 같은 얘기가 나올 수 있었지만, 이번에는 무섭게 돌아가는 난리통 세상을 두고서 좀처럼 풀 서는 환담이 나올 수가 없었던 것이다.

─그동안 자네 고생이 많았겠어. 몸 고생, 마음 고생, 말을 안 들어도 알 만해. 내가 전에 말하기로는, 제주 출신 장교가 토벌대로 나가도 보람나게 할 일이 있을 거라고 했지만, 그게 어디 쉽겠나.

─맞습니다. 몸과 마음이 여러 개로 쪼개지는 거 같습니다.

─집에 가만히 앉아있는 나도 내 몸이 두 쪽으로 쪼개지는 거

같단 말이여. 두 쪽으로 쪼개지는 건 산간마을 사는 사람들에게 더할 거여. 이쪽에 붙었다 저쪽에 붙었다 해야 하니까. 이건, 애초에 싸움을 건 사람들 잘못이여. 아, 남로당 안에서도 조몽구나 이운방처럼 싸움 거는 거 말린 원로 당원들이 많이 있었다는데, 그런 인생선배들 말은 듣지 않고 젊은 혈기만 믿고 덤벼들었단 말이지. 암만 생각해도, 아차 실수, 백년 후회 격이여. 세상 물정에 어두운 섬사람들이 욱-하는 오기 하나로 승산없는 도박판에 뛰어든 것 같애.

　―선생님은 집안에 가만히 계시면 되는데, 어느 쪽이 이기든 바라만 보시지 그러십니까.

　―가만히 바라만 보라고? 그게 안 되드라 이 말이네. 나의 가족이나 친척붙이들, 나의 제자들이 두 패로 나뉘어 싸우는데 나보고 가만히 바라만 보라고? 두 패로 나뉘는데 그것도 어지럽게 나뉘는 거여. 해변마을에도 좌파가 섞여 있고, 산간마을에도 군경 가족이 있어. 내 친척이나 제자들이 산사람들 가운데에도 있고 토벌대 안에도 있다니까.

　―어떻게 합니까. 섬사람으로 태어난 것이 고약한 운명인 거같습니다.

　―제주섬이 두 쪽으로 갈라진 건 역사에 대한 반역이여. 이건, 잘난 아들이 못난 애비가 미워서 부자 간에 의절하자고 덤비는 꼴만 같애. 그랬다고 부자관계를 끊을 수가 있나.

부정태는 선생님이 꺼내는 말 가운데 허만호에 대한 얘기가 나오기를 기다리다 못해 먼저 입을 열었다. 이에 대한 선생님의 반응은 매우 부정적이었다. 부정태가 허만호에게 보내는 메시지 봉투를 내밀었을 때에도, 선생님은 그냥 마지 못해서 받아주는 모양으로 부담스러워하는 모습이었다. 지난 번에 부정태가 메모 쪽지에 써서 전한 메시지에 대해서도 허만호가 매우 냉랭한 반응을 보였다는 것이 선생님의 말씀이었다.

─그때도 내 앞에서니까 노골적인 혐오감을 내색하지 않았을 거여. 자네가 써준 메모지를 품안에 집어넣는 것도 그랬어. 내 앞에서가 아니었으면, 박박 찢어버렸을 것처럼 불쾌한 기색을 보였어.

─그러면은, 이번에 제가 전하는 메시지도 잘 읽어보지 않을 거 아닌가예.

─그건 잘 모르겠네. 자네가 그전에 메시지 전한 건 벌써 몇 달 전이었고, 그동안에 사상이 바뀔 수도 있는 거니까. 자네가 그때 메시지 전한 후에도 나한테 두 번 왔다 갔는데, 내가 자네 이야길 먼저 해봤지. 제주 출신 유일한 국군장교라서 애로가 많은 것 같다고 얘기했더니 나를 빤히 쳐다보면서 입술만 달싹거릴 뿐 아무 말도 하지 않았어.

─허만호가 이번 메시지를 직접 읽어보면 공감할 수도 있을 겁니다. 서로 싸우지 말고 상생하고 공생하자는 말이니까예.

―허만호는 자네가 제주지구에서 국군장교로 있는 것부터가 영 못마땅한 눈치였네. 이번에 자네가 보내는 메시지도 잘 읽어나 볼지 모르겠네.

부정태는 끝내 어정쩡한 표정으로 선생님 앞을 물러날 수밖에 없었다. 강성국 선생의 심중이 어떤 것일지도 궁금하였다. 강 선생은 아직도 허만호의 옛날 모습을 기억하고 있겠지만, 오래 전 그 옛날의 신뢰와는 다른 인상을 받는 것으로 짐작이 되었다. 그 옛날의 허만호라고 하면, 어느 선생에게나 믿음직스럽고 장래가 촉망되는 대표적인 학생이었다. 소학교 저학년 때 허만호의 학교 성적이 좋지 못했던 것은 당연한 일이었다. 제주 읍내 중심부에 거주했던 부정태와는 달리, 허만호네 집은 읍내와는 많이 떨어진 변두리 고지대 마을이었기 때문에 나이 어린 장거리 통학생에게는 날마다 걸어서 학교에 등교하는 것 자체가 힘든 일이었다. 부정태는 안정되고 유복한 가정환경이었지만, 허만호는 궁핍한 집안 사정 때문에 학교 다니는 일에 전념하기가 어려울 것이 당연하였다. 그러던 허만호는 장거리 통학이 힘들지 않을 정도로 장성하여 고학년이 된 다음에는 학력이 비약적으로 향상되어 졸업반으로 올라갈 때에는 학급 내 수석이 되고 반장까지 되기에 이르렀던 것이다. 허만호는 저학년 때 해마다 반장 자리를 차지했던 부정태에 대해서도 지난 시절의 명예를 인정해 주었음이 생각났다. 부정태로서는 허만호가 자기보다 똑똑한데다 어디 흠잡을 데도 없는 모범생이어서 시샘하는 마음이 생기는 것이 부끄러웠음도 생각났다. 시샘하는 마음과 함께 남을 시샘하면 나쁜 사람이 된다는 생각도 떠올라서 내심으로 갈등을 겪었던 기억도 남아있었다.

이제 와서 남로당의 반정부 반란을 놓고 정면으로 대결해야하는 형국에서 두 사람의 사상적 대립은 부정태의 심중을 곤혹스럽게 흔들었다. 어쨌거나, 허만호의 남로당 활동은 그 자신의 식견과 결단에 근거한 것이라는 생각이 들었다. 제주 출신의 어떤 사람들은 일본에 유학 가 있는 동안 현지 공산당 집단과 접선하다가 공산주의자가 되었다고 했지만, 유학 간 곳이 달랐던 허만호 이 친구만은 남의 말을 듣고 자기 신념을 세우지는 않았을 것으로 생각되었다. 궁핍한 가정환경에서 자라난 허만호로서는 계급투쟁의 의미를 체험적으로 깨달았을 것도 같았다. 게다가 제주섬의 빨간 물 들이기는 산간지대 마을에서 더욱 극성이라는 말이 생각난 부정태로서는 두 사람 사이에 생긴 틈이 더욱 멀어지는 막막한 심정이 되는 것이었다.

15절

    빨치산 대응 작전을 강화하기 위해 제주도경비사령부가 설치된 다음에도 세부적인 방침 결정이 아직 알려지지 않은 동안에 일어난 한 가지 사건은, 부정태가 자신의 당혹스러운 처지를 생생하게 맛볼 수 있는 기회가 되었다. 그것은 한라산 북쪽 기슭 고지대에 위치한 사찰 관음사에 은거한 빨치산 부대를 공격하는 중에 일어난 일이었는데, 부정태가 이 작전 지휘관으로 투입된 것은 그가 제주 출신 장교이기 때문이라고 하였다. 부정태 소위 예하의 4중대 5소대를 중심으로 특별기동대를 편성하여 출격에 나선 것이다. 이 사찰이 빨치산의 진지로 한동안 이용된 데에는 몇 가지 원인이 있었다. 워낙 멀리 떨어진 외곽지대여서 토벌대가 접근하기 어려운데다, 종교시설이라는 신성불가침 지역이라고 해서 누구나 함부로 들어갈 수가 없었다. 4·3사태를 전후하여 제주 도내의 스님들이 좌익 편에 상당수 가담했다는 사실도 작용하였다. 토벌대가 사찰 경내를 장악했다가 풀어주기를 몇 차례 되풀이 한 것은 사찰을 지키는 승려들 자체의 애매하고 미온적인 태도 때문으로 알려져 있었다. 사찰 주지스님들은, 불공 드리러 온 사람들이 머물고 있다고 대놓고 말하면서 토벌대의 진입을 허락하지 않을 때도 많았다.

관음사 기습이 예정된 날 아침 이른 시간에 조천면 야산의 임시 병영에서부터 스리쿼터트럭 두 대에 분승한 특별 기동대 40여 명은 목적지를 향하여 출발하였다. 관음사까지 가는 길은 멀고 험하였지만 정오 이전에 도착하리라고 예상했었는데, 도중에 자동차 바퀴가 길가 고랑창에 빠져서 겨우 꺼내느라고 시간이 많이 지체되었다. 바퀴를 돌리면서 무리하게 엔진을 가동시키다 보니까 엔진 어딘가에도 이상이 나타나서 고장 난 곳을 찾느라고 거의 한 시간을 낭비하였다. 정오가 훨씬 지나서 관음사에 도착하고 보니 수십 명 빨치산 부대는 방금 전에 산속으로 도주한 뒤였다. 그들은 토벌대의 습격 계획을 미리 알았다는 것인데, 남로당 프락치 밀정에 의한 사전 정보유출이 의심되는 부분이었다. 관음사 기습 계획을 오늘 아침에야 발표한 것은 토벌대 내부의 남로당 프락치 존재를 의식해서였는데, 그런데도 기밀 누설이 됐다는 것은 오늘 아침 이후에 밀정이 토벌대보다 먼저 관음사에 도착했음을 의미하는 것이었다. 자동차의 속도가 사람보다

빠른 반면에, 먼 길을 우회하지 않고 샛길을 이용하는 것은 사람 편이 더 유리할 것이라는 계산이 나오지만, 자동차 사고만 나지 않았더라도 토벌대보다 밀정의 도착이 먼저일 수는 없었을 것이라고 추측이 되었다. 특별 기동대 40명 중에 밀정이 숨어있었는가 했지만, 오늘 이른 아침부터 일사불란의 단체행동을 했었기 때문에 작전계획을 관음사 빨치산 진지로 유출시킨 밀정 역할은 소대원 아닌 누군가가 했나는 추정이 나오는 것이었다. 마을마다 무장대 작전을 도와주는 비밀 자위대가 있다는 말이 있었는데, 아마도 그들의 긴급 출동이 있었을 것으로 생각되었다. 분대장 한 사람은 난데없는 자동차 고장을 당했다면서 출격을 한참이나 지체시켰던 트럭운전병에게 혐의를 두는 말을 넌지시 비쳤지만, 작전 와중에 내부 조사를 한다는 것도 못할 일이었다.

부정태 소위는, 토벌대원들에게 산속으로 도주한 빨치산을 급히 뒤쫓아가 총격전을 벌이도록 지시를 내린 다음에 그들의 뒤를 따라 가면서 작전 개황을 관망하기로 하였다. 오늘까지 관음사에 주둔했던 빨치산 병력은 토벌대와 비등한 40명 수준이라고 하니 정면 항전으로 나올 수도 있었는데 그냥 산속으로 도주해버린 것은 무슨 까닭인지 궁금하였다. 토벌대 내에 잠입해 있는 빨치산 밀정은 작전 계획을 미리 유출시킴에 반하여, 토벌대의 밀정이 빨치산 부대에 침투하는 것은 거의 불가능하다는 현상은, 제주도 빨치산의 전투력이 물리적인 무기나 장비 대신에 잘 다져진 공동운명체 의식과 정신적인 무장에 기초함을 말해 준다고 생각되었다. 그렇지만 오늘의 빨치산 부대는 싸워보지도 않고 도망가 버리다니, 어째 승전 가능성 여하에 상관없이 용감하게 출전하는 빨치산 특유의 감투정신과는 다르다는 생각이 들었다. 아마도 이 시점에서 관음사 주둔 병력은 전투요원이 아니었거나 접전 준비가 허술하였기 때문에 서둘러 도피한 것이라고 생각하기로 했다. 부정태로서는 오히려 다행한 일이었다. 오늘 벌이는 공비토벌 작전의 목표를, 적군을 많이 사살하는 것보다는 토벌대의 작전능력이 만만치 않음을 적군에게 인식시키는 데에 두기로 하였다. 오늘 작전의 결과로 적군을 아지트에서 축출하기만 하고 사상자 발생이 미미할 수만 있다면 그것이야말로 그가 바라는 최선의 전투 성과일 것 같았다. 이 전쟁이 불원간 끝날 것임을 생각하면, 단 몇 명이라도 희생자가 나오는 것은 전쟁 후에 생길 통한의 유가족이 늘어나는 것이 아닌가. 한 명이라도 죽지 않고 남아있는 것이 중요하고, 하루라도 더 빨리 전쟁이 끝나는 것이 중요하며, 전쟁을 빨리 끝장내려면 빨치산이 아무리 버텨봐야 토벌대 앞에서 맥을 못 춘다는 것을 그들에게 빨리 인식시키는 것이 중요하다는 생각이 들었다.

부정태 소위가 소대 병력의 뒤를 따라서 산을 올라간 지 한 시간 가량 지났을 때 깊고 험한 계곡이 앞에 나타났다. 제주도 지형 특유의 건천乾川이었는데, 보통사람이 건너기에는 쉽지않은 험로였지만, 한라산 빨치산 부대가 많이 이용하는 훈련 장소이 기도 하였다. 부정태는 이 정도로 작전을 끝내기로 하고 퇴각 명령을 내렸는데, 다행히도 아군 쪽에서 사망자는 하나도 없고 부상자만 너댓 명이 있음이 밝혀졌다. 그것도 제힘으로 걸어갈 수 있을 정도의 경상이었다. 토벌대 선두에 나가있던 1분대장의 보고에 따르면, 유격대 쪽에서도 사망자는 보이지 않았고 걸어갈 수 있을 정도의 부상자만 열 명 아래로 나온 것 같다는 얘기였다. 어쩌면 음식점에서 주문한 메뉴 그대로 차려져 나오는 상차림과도 같을까, 부정태로서는 상상할 수 있는 최선의 전과라고 생각되어서 혼잣속으로 흐뭇한 기분이 되었다. 빨치산에게서 전사자가 나오지 않았다는 것은, 전사자 유가족이 나오지 않음을 의미할 것이고, 이는 곧 토벌대에 대해 원한을 품는 국민이 적어진다는 것이고 남로당이 서있을 입지가 그만큼 적어진다는 것이니, 이것이야말로 부정태가 바라는 바였던 것이다.

내리막길에서도 부정태가 제일 뒤편에서 일행을 바라보면서 걷기로 했다. 올라갈 때와 같은 길이 아니었고 생소한 길이어서 새로운 길 헤쳐나가는 것이 쉽지 않았다. 얼마쯤 내려왔을 때 저쪽 어딘가에서 사람 부르는 소리가 들려왔다. 그쪽으로 가보니, 허술한 차림의 어떤 청년이 허리를 땅에 대고 불편하게 누워있는 모습을 보게 되었다. 입은 옷을 살펴보니 토벌대 군복을 재활용한 작업복 차림이었다. 부정태보다는 나이를 많이 더 먹은 얼굴이었고, 총상을 입은 지 얼마 안되는지 양손으로 붙잡고 있는 왼쪽 발목께에서 출혈이 낭자한 상태였다. 작업복 청년은 부정태가 가까이 다가가는 것을 보자 찡그린 얼굴에 어울리지 않는 억지 웃음을 띄우면서 입을 여는 것이었다.

—폭도놈들에게 총 맞았수다. 출혈이 멈추어야 허는디, 이거 좀 도와줍서.

이렇게 말을 하면서도 그의 지혈 수단은, 양손을 모아쥐고 바지자락으로 감싼 발목께를 누르고 있는 것밖에는 없는 것 같았다. 이를 본 부정태는 민첩한 순발력을 발휘하여 가까이 따라오던 의무병에게 긴급 조치를 명하였다. 어떻게 이 시간에 이 자리에 서 있다가 이런 봉변을 당했는지 물어보고 대답하고 하는 말도 별로 귀에 들어오지 않았고 다만 폭도놈들 욕하는 청년의 말만이 기억에 남았다. 산폭도에게 욕한다는 것은 이들에게 남로당의 신뢰도가 떨어진다는 것인데, 이것은 바로 부정태가 바라는 바였다. 작업복 청년의 말로는, 자기는 관음사 절간에 불공하러 와있다가 숲속에서 겨울나기 땔감을 채취하러 나온 이 절간 부목을 도와주러 집밖으로 나왔는데 낯선 길에서 잠깐 사이에 동행인의 자취를 놓치고 헤매던 중 불시에 입은 총상이라고 하였다. 폭도놈들은 관음사에서 먹고 자고 신세를 많이 져놓고도 관음사에서 불공하는 사람을 해치다니 괘씸하다는 말도 귀넘어로 들렸다. 부정태는, 오늘 토벌대를 쫓아온 의무병 두 사람이

지혈제 약을 바르고 총상 입은 발목 부분을 붕대로 감싸서 매어 주는 긴급 조치를 하는 것을 본 다음에는 두 사람이 함께 이 환자의 병원 운송을 시행하도록 지시하였다. 마침 아침에 토벌대원들이 타고 왔던 트럭 두 대 중에 한 대가 남아있어서 그것을 이용할 수 있도록 운전병에게 특별 명령을 내렸다. 의무병에게는 이 환자를 도립병원에 입원 시킨 다음에 그곳에 파견 와있는 군의관실에 신고하는 일까지 지시하였다. 부정태 자신은 관음사의 임시 병영을 지켜야 하는 책임 때문에 도립병원까지 갈 수 없었던 것이다.

소대장 임무를 성공적으로 마쳤다는 안도감으로 하룻밤 휴식 시간을 느긋하게 보낸 부정태가 자기 신상에 큰 변고가 난 것을 알게 된 것은 이튿날 정오 무렵이었다. 관음사 임시 병영에서 잠시 머무르던 부정태는 제주도경비사령부로부터 긴급 출두 명령을 받았던 것이다. 아무리 생각해도 자기에게 시달된 출두 명령이 잘못 전해진 것이 아닌가 싶을 정도로 천만뜻밖의 일이었다. 부정태는 임시 병영의 일들을 급한 대로 1분대장의 재량에 맡긴 다음에 지체없이 경비사령부에 나가 볼 수밖에 없었다. 경비사령부 정훈관실에 들어가서 심문에 응한 그는 자신에 씌워진 천만뜻밖의 혐의 사실이 전혀 근거없이 조작된 것은 아니라는 것을 알고 또 한번 놀라지 않을 수 없었다. 어제 관음사 작전 중에 숲속에서 만난 총상 부상자가 어젯밤 동안에 종적을 감췄으며,

여러 가지 정황을 보건대, 그 사람은 어제 대적했던 빨치산 부대의 지휘자로 추정되고, 중상 입은 적군 혐의자에게 응급치료의 서비스를 해주고 무사히 도주할 최선의 기회를 주기까지 한 부정태에 대해서는 빨치산 프락치라는 혐의를 씌울 수밖에 없다는 얘기였는데, 이를 듣는 부정태로서는 정말로 어처구니없는 억울한 누명이었다. 그러나 총상 입은 그 민간인 청년이 빨치산이라는 의심을 갖게하는 사실들은 의외로 많았다. 부정태에게 씌워진 빨치산 프락치 혐의 중에 가장 큰 것은, 총상 입은 자가 왜 그 시간에 그 자리에 있었는지를 엄중하게 따져보지 않았다는 점이었다. 관음사에 직접 물어봤더니, 이 절간에서 쓸 겨울땔감은 추워지기 전에 일찌감치 마련했기 때문에 요즘에는 그런 걱정할 필요가 없다는 말을 들었다고 했다. 피 흘리는 상처를 치료하는 것이 다급한데, 그 총상이 토벌대한테서 입은 건지, 폭도들에게서 당한 건지 알아볼 생각이 났겠느냐고 변명을 했지만, 전투를 진두 지휘한다는 사람이 그 정도의 상황 판단력도 없느냐는 따끔한 지적에는 대답할 말이 없었다. 사전 준비가 잘된 관음사 기습작전이 적군 쪽 사상자가 거의 전무한 상태로 끝난 것도 혐의의 소지가 되었다. 여러 정황으로 보아서 그날 대적한 빨치산 부대는 정예부대가 아닌 것으로 보였는데도 그런 결과가 나왔다면, 토벌대 측 지휘자의 의도적인 방면을 의심할 수밖에 없다는 결론이었다. 대답할 말이 없게 퉁 먹은 또 다른 추궁은, 토벌대장교라면 말 한 마디 안 하고도 척 보고서 산폭도인지 아닌지를 알아봐야 할 것이 아니냐는 핀잔이었다. 밤중에 도주해버린 폭도는 사찰 주둔 중에 이발을 했는지 장발 머리는 아니었지만, 빼빼마른 얼굴, 새까맣게 탄 피부색, 거기에다 이글이글 타는 듯한 눈망울들, 이런 것을 보고서도 그것이 산폭도 얼굴임을 모른다면 대한민국 국군장교라고 할 수 있느냐는 것이었다.

부정태는 결국 빨치산 프락치라는 혐의를 벗지 못하고 경비사령부 유치장에 연금되는 신세가 되었다. 역시 제주섬 출신은 믿고서 뭐를 맡길 수 없다는 말들이 나돌게 되었고, 이에 반박하는 말은 어디에서고 들어볼 수가 없었다. 구금된 지 1주일 만에 부정태 소위가 경비사령부에서부터 혐의없다는 판결을 받고 풀려난 것은 정말로 예상 밖이라는 말들이 나왔다. 흘러나오는 소문으로는 여수지구 14연대에 가있는 차명진 중위가 제주도경비사령부에 직접 전화를 걸어서 부정태 석방을 탄원한 결과라는 말이 나돌았지만, 이를 확인할 도리는 없었다. 어쨌거나, 그런 소문이 나돈다는 사실 자체가 차명진 중위의 군부대 내 지명도와 영향력이 대단하다는 걸 말해주는 일이었다.

16절

    부정태는 허만호에게 비밀 메시지를 보내놓은 다음에 빨치산의 동태에 어떤 변화가 있을까 지켜보았지만, 뭔가 달라지는 모습은 보이지 않았다. 부정태가 보낸 비밀 메시지를 허만호가 읽어나 보았는지, 이조차 알 도리가 없었다. 빨치산들은 거점 마을에서 먹을 것을 무작정으로 얻어가는 종전의 방식을 바꾸지 않았고 이에 따라서 토벌대와 빨치산 간의 충돌과 접전도 그치지 않았다. 마을사람들의 빨치산 지원이 끝나지 않는 한은, 빨치산에게서 구국운동의 부푼 꿈과 투쟁 열기를 잠재우기가 어려울 것이라 생각되었다.

    빨치산이 끊임없이 자행하는 파괴행위는 대부분이 구국운동과는 전혀 배치되는 것들이어서 부정태의 심중을 당혹케 하였다. 마을사람들의 협력이 자기네 구국운동을 가능케하는 지렛대라고 생각한다면, 그들의 호의와 지지를 얻을 생각을 해야지, 왜 그들의 공포와 혐오를 불러일으키는 짓을 골라 한단 말인가. 독재정권에 대한 항쟁이 그들의 명분이라면 그 공격의 대상은 마땅히 정권의 하수인인 경찰이나 군인이라야 할 텐데도, 한밤중에 고요히 잠자는 마을 주민들을 남녀노소 가리지 않고 살상을 자행하는 일이 빈번하다는 것이다. 이것이 무슨 민주항쟁인가. 잠 자는 경찰이나 공무원을 살해하고 양민 탄압과는 전혀 무관한 관공서 건물을 파괴하기를 그치지 않는 것은 무엇 때문인가. 자기네 아들딸들의 꿈을 키워줄 각 마을의 학교건물을 파괴하고 방화하는 이유는 도대체 무엇인가. 국가기능의 기본 통신망인 전선줄을 끊어놓거나, 교량과 도로를 파괴하는 것도 그렇다. 행길 가운데에 돌무더기를 쌓아놓는 것은 명분도 빈약하고 당당하지도 못한 심술 부리기만 같다. 인근에서 무거운 돌덩이들을 모아다가 한길 가운데에 쌓아놓고 자동차 사고를 일으키는 것을 자기네 투쟁 의지를 시위하는 것으로 여기는 모양이지만, 그런 식의 교란 행위는 사실상 토벌대에게 정당방위 명분을 제공하게 되는 극악 만행이고, 빨치산 자체의 대외적인 신뢰도를 깎아내리는 결과가 되는 것이다. 그들의 무자비한 폭력행사가 경찰 탄압에 대한 저항이라고 말하지만, 그것은 오히려 경찰 탄압을 자초하고 정당화하는 결과가 되지 않는가. 파괴하고 분탕질 놓는 것이 빨치산 운동의 본색임을 드러내면 국민들의 반감과 미움을 살 것이고, 결국에는 구국운동의 이념 자체를 퇴색시킬 것이 아닌가. 빨치산의 이 같은 폭력행위는 미군정 사람들에게까지 남로당에 대한 나쁜 선입견을 심어줌으로써 그들의 잔혹한 대한對韓정책 수립에도 나쁜 영향을 주지 않았는가. 만약에 부정태 자신이 빨치산 활동에 함께했더라면 이 같은 행태를 보고서 얼마나 큰 갈등과 고민을 할 것인지 생각할수록 막막한 심정이 되었다.

부정태는 심사숙고 끝에 남로당 무장대로 하여금 그들의 어리석은 만행을 자각케 하는 한 가지 묘방을 발견하였다. 무장대 사람들이 한길 가운데에 쌓아놓은 돌무더기를 재료로 해서 길 양쪽 노변에 아담한 모양의 돌담을 구축하는 작업이었다. 그런 노역은 그전에 해보지 않은 군일이어서 그의 소대 병사들이 싫어하기는 했지만, 그런 석공石工 작업을 통해서 무장대원들을 따끔하게 퉁먹이는 결과가 되지 않겠는가 싶었다. 가능성이 희박하기는 하지만, 무장대 지도자들이 자신들의 잘못을 뉘우치고 개심하는 계기가 될 수는 없을까 하는 실낱같은 기대심리였다.

빨치산의 만행이 자행되는 대표적인 사례로는 소위 '반동부락'에 대한 습격이 많이 알려져 있었다. 한라산 입산자가 적게 나오거나 빨치산 운동에 대한 동조가 미약해 보이는 마을은 이들에게 '반동부락'이라는 낙인이 찍히는데, 이런 마을에 대한 잔인한 보복은 대체로 야밤 중에 조용히 이루어졌다. 토벌대의 감시를 피해야 하기 때문이었다. 어두컴컴한 밤중에는 총보다도 죽창이 더 유용해서인지 이런 습격이 있을 때마다 사망자와 더불어 부상자도 많이 나왔고, 노인이나 부녀자나 어린아이들도 무차별적으로 희생되게 마련이었다. '반동부락'에 대한 빨치산 습격 사건이 남원면에서 많이 나왔는데, 그것은 이 지역이 성산경찰서나 모슬포경찰서 양쪽에서부터 원거리에 위치했기 때문으로 추정된다고 하였다.

17절

하루하루 속절없이 세월을 보내는 부정태의 마음은 허탈하였다. 결국 그가 보낸 비밀 메시지의 힌트를 허만호가 뭉개버린 것이 드러난 셈이었다. '폭력이 없는 물자조달'을 해야하는 이유를 말했고, 끊임없는 폭력행위가 유격대 존재의 정당성을 훼손하고 있음을 지적했는데도 달라진 것이 없었다. 허만호는 어릴적 친구의 진정어린 충정을 알아보지 못할 정도로 타락했다는 것인가. 그런 생각이 들다가도 어쩌면 부정태 자신이 알지 못할 다른 불가피한 이유가 있을지도 모른다는 생각이 들었다. 유격대의 전략 결정에는 허만호의 의견이 개입할 정황이 안될 수도 있을 것이다. 이 나라 군경에 대한 원한과 반발심이 워낙에 크기 때문에, 부정태의 힌트를 수용하는 것이 굴욕처럼 여겨졌을지 모른다는 생각까지 들었다.

마침내 토벌대와 유격대 간의 애매한 소강상태가 끝난다는 신호가 나타났다. 한동안 온건 방침을 유지해온 제주 출신 경찰감찰청장이 교체되어 평남출신인 홍순봉이 내려왔는데 그는 공안경찰 강경파로 알려진 인물이었다. 제주 주둔 국군부대의 지휘관도 바뀌었다. 이승만 대통령의 신생 정부가 10월 중순에 설치한 제주도경비사령부의 신임 사령관은 물불 가리지 않는 불도저형 강경파라는 말이 돌았고, 이를 보고 고개를 끄덕이는 사람들이 많았다. 송요찬 사령관은 무슨 준비 과정이 필요했는지 11월 중순경에야 비장의 강경작전 카드를 꺼내들었다. 이때에 이르러서야 계엄령이 선포되었다. 말로만 떠돌던 초토화작전이 실시된다는 것인데, 뜨거운 불 구경하는 것은 추운 계절이라야 어울린다는 말이 농담처럼 나돌았다.

해변에서 5킬로 이상 떨어진 고지대 마을들은 모두 적성敵性 지역으로 지정되어 통행금지령이 내려졌고, 통금 명령을 위반하면 이유불문하고 총살에 처한다는 엄명이 내려졌다. 저녁 7시부터 아침 7시까지로 통행금지 시간도 확대되었다. 고지대 마을의 주민들은 모두 해안마을 저지대로 소개疏開해야 했고, 소개 명령에 거역하는 사람들은 총살에 처해졌다. 부락민들이 통행금지나 소개 명령에 잘 따르는 마을에서는 희생자가 나오지 않았지만, 그게 그렇게 쉬운 일은 아니었다. 마을 안에 있는 재산을 모조리 포기해야하는 강제 이주를 거부하는 사람들이 많이 나왔고, 해변 마을 대신에 한라산 속으로 도피하는 사람들도 나왔는데, 이들은 발견 즉시 모두 총살에 처해졌다. 전임 지휘관 때에는 명령에 불복하는 부락민을 체포한다고 해서 경비대가 욕을 먹었는데, 이제 신임 지휘관은 이들을 가차없이 총살에 처한다고 했으니 날이 갈수록 무시무시한 공포 분위기가 제주섬 전체를 휩싸고 돌았다. 이전처럼 체포하고 구금하는 정도의 가벼운 응징을 가지고서는 부락민들 단속하기가 어려울 것이라는 말이 옳을 것 같았다. 자기 집과 가축과 농장 등 모든 재산을 포기하라고 하니, 제 정신으로는 안될 일이었고, 불복종자를 시범적으로 총살하는 것을 자기 눈으로 보고서야 말을 듣는 경우가 많았다.

초토화작전의 주요 목적은 결국 유격대와 부락민들 간의 분리에 있음을 간파한 부정태 소위는 이 같은 작전 중에 희생자 발생을 줄이는 요령을 터득할 수 있었다. 마을사람들이 토벌대의 거주지 이동 명령을 충실하게 잘 따라주기만 하면 되는 것이었다. 국가의 명령에 충직하게 잘 따르는 국민을 놓고 누가 무슨 명목으로 죽일 수가 있겠느냐는 단순한 이치였다. 부정태 소위는 그가 지휘하는 4중대 5소대의 담당 부락민들에게 강제이주 방침의 취지를 자상하게 설명하는 등 민심을 설득하는 데에 주력하였다. 소대별로 특정 마을이나 구역이 작전 대상으로 배정되는 것을 이용하여 인화단결의 동지의식을 고취시킨 것이 주효하였다. 그 결과 다른 소대장들의 담당 구역에 비하여 평온하게 주민들

소개와 초토화작전을 진행할 수 있었다. 유일하게 제주 출신 장교임을 고백하고 제주사람들이 살아날 길은 군경 토벌대의 요구를 그냥 잘 따라주는 것이라고 호소하였다.

　─우리 마을 사람들이 살아나는 길은 군경과 다투는 것이 아니라, 그들이 하라는 대로 이 마을을 떠나는 것입니다. 그래야만 빨갱이라는 누명에서 벗어날 수 있는 것입니다. 우리 마을에서 속가이(疏開의 일본식 발음) 가지 않은 사람이 나오면 저는 제주도 빨갱이를 길러낸 빨갱이 소대장이라는 누명을 쓰게됩니다. 여러분이 속가이 지시대로만 움직이면 그 다음에는 어떤 죄목으로도 문책 당하지 않을 것임을 저의 목숨을 걸고 약속하겠습니다. 우리는 우선 살아남아야 합니다. 죽지 않고 살아남아서 자손만대 제주도의 역사를 지켜야 할 거 아닙니까.

　부정태는 부락민들 앞에서 이런 연설을 하면서 조금도 거짓되거나 과장된 말을 한다고 생각되지 않았다. 그의 고심에 찬 연설은 부락민들의 마음을 움직였고, 강제 이주 거부자가 거의 전무한 놀라운 성과를 가져올 수 있었다. 부정태 소위는 이로써 모처럼 애국심과 애향심을 동시에 발휘한다는 뿌듯한 자부심을 맛볼 수 있었다.

18절

　중산간 마을 하나를 통째로 불태우는 작업은 사전에 준비과정이 만만치 않았다. 주거지를 해변마을로 이동함에 따라서 각 가정의 생활필수품 운반하는 일도 많은 시간을 요했다. 세간살림을 남김없이 옮겨갈 도리가 없으니 자연히 불평불만의 목소리가 나올 수밖에 없었다. 살림을 옮기고 주거이동이 다 끝난 다음에도 온 마을을 불태우는 초토화작전 실시 명령이 즉시 내려오지 않는 것이 의아스러웠다. 폭풍전야의 정적과도 같은 하루 정도의 유예기간이 있었던 것이다. 부 소위는 이같은 작전 명령의 깊은 뜻을 혼잣속으로 상상해 보았다. 죽은 사람 시신을 땅속에 내려놓고 흙을 덮기 직전에 하관제下棺祭를 시행하는 것처럼, 또는 사형집행을 앞두고 얼마 간의 유예시간을 주어서 이제 곧 죽을 사람에게 마지막 한마디 말을 허락하는 것처럼, 삶과 죽음을 가르는 경계 시점에서 일종의 엄숙한 통과의례를 거치는 것이 아닐까 싶기도 했다. 수십 년, 아니 수백 년을 두고 마을사람들이 엮어왔던 인간역사의 흔적이 순식간에 홀랑 사라져 버리기 전에 이 같은 유예기간을 갖는 것은 토벌대가 군인이기 이전에 인간임을 보여준다고도 생각되었다. 이 같은 유예기간을 둠으로써 각 마을 주민들의 초토화작전 준비가 허술한 가운데 덜컥 불을 지름으로써 일어나는 불상사를 방지할 수도 있을 것 같았다. 인적은커녕 쥐새끼 한 마리 얼씬거리지 않고, 새소리 바람소리조차 이 세상에서 나는 소리로는 들리지 않는 괴이한 정적의 시간, 이 같은 유예기간을 구태여 작전 계획에 포함시키는 취지를 상상해 보는 부정태 소위는 잠시 숙연한 마음이 되는 것이었다.

소대장 자신의 재량으로 조치해야 하는 일도 있게 마련이었다. 크고 작은 초가집 구석구석을 들여다 보고 뒤에 남아있는 사람이 없는지를 확인하라는 사령관의 엄명을 소대장이 다시 소대 병력에게로 전했지만, 황망 중에 연락 불통이 되었는지 이동해야 할 가족들을 잘 챙기지 못하는 수도 있었다. 뒤에 남는 가족이 있으면 엄벌에 처한다고 엄포를 놓았는데도 그랬다. 부정태가 소대장으로서 어떤 결정을 내려야 할지 어려울 때도 있었다. 어느 가정에서는 걷기는 고사하고 일어서기조차 힘든 허약자 가족이 그냥 남겨진 사실이 소대장 시찰 중에 발견되었는데, 이럴 경우에는 어찌해야 할지 부정태는 난감하였다. 함께 데려갈 경우에 큰 부담이 될 것임은 알겠지만, 그렇다고 해서 이제 곧 불에 타서 죽어갈 것이 뻔한 살아있는 사람을 그대로 놔둘 수는 없는 일이 아닌가. 부 소위는 결정하기 어려운 이 같은 문제를 놓고 한참 생각한 끝에 지시를 내렸다.

— 이 사람이 죽고 사는 것은 우리 손에 달렸다. 그대로 놔두면 멀지 않아 불에 타 죽을 것인데, 그럴 수는 없지 않으냐. 이 사람은 집 밖으로 옮겨주어도 며칠 못 가서 죽을 것이다. 그러니까, 우리 소대원들이 이 사람을 등에 업고 해안마을로 내려가서 큰길 가에 내려놓는 것이다. 힘센 사람 몇이서 교대로 업고 간다. 여기서 저런 상태로 죽으면 그 시신은 까마귀 밥이 될 터인데, 차마 그럴 수는 없지 않으냐. 마을 안에만 들어가면, 보는 사람 누군가가 가만두지는 않을 것이다.

가족들과 헤어져서 홀로 남겨진 어린아이를 보았을 때에도 당혹스러웠다. 초토화 작전 불 놓기에 들어가기 하루 전날 부락민들이 모두 빠져나갔다고 생각했는데, 대여섯 살로 보이는 어떤 아이 하나가 마을 안길 아래쪽에서 위쪽을 향해 올라가면서 흑흑 울고 있었던 것이다. 멈춰 세운 뒤에 부모님이 어디로 갔길래 혼자 남겨진 거냐고 물어보았다. 공포에 질렸는지 제대로 말을 잇지 못하는 것을 대충 알아맞춰 보았더니, 아이는 자기 부모가 아랫마을로 내려가는 어떤 구루마를 따라가라고 말한 줄로 알고 그렇게 했는데, 그렇게 조금 내려가는 도중에 자기를 알아본 한

동네 어른이 '너희 부모는 아래쪽이 아니라 위쪽 방향으로 갔다'는 말을 했기 때문에 방향을 바꾸어 지금 위쪽으로 가는 중이지만, 같이 가는 사람이 아무도 없으니 무서워서 울고 있다는 안타까운 대답이었다. 아이의 부모가 했다는 말이 어떤 것이었든 부정태 소대장이 취해야 할 조치는 명백한 것이어서, 그는 부하들로 하여금 이 아이를 해변마을로 데려가서 급한 대로 그 마을 경찰지서에서 보호해 주도록 말하라고 지시하였다. 아이는 얼굴표정이나 신체가 탄탄해 보이는 것이 당분간 고생을 좀 하더라도 살아남을 수 있을 것 같았다.

부정태는 이 아이가 졸지에 공포의 사지死地 속으로 내몰린 내력이 도대체 어떤 것일지 상상에 상상을 거듭하였다. 아무려면 아이의 부모가 자기네만 산사람 되는 위쪽 방향으로 가면서 아들에게는 아랫마을로 내려가라는 말을 할 수 있었겠느냐 싶었다. 아무래도 그럴 수는 없는 일이었다. 어쩌면 극도의 불안과 공포 분위기 속에서 공황상태에 이른 부모가 아들에게 어느 방향으로 가라는 말을 제대로 해주지 못했던 것은 아닐까. 이런 상상까지 해보긴 했지만, 그런 쪽으로도 개연성은 미미하다고 생각되었다. 이런 생각을 민 하사에게 말했더니, 이 사람도 이 아이의 황당한 처지에 대해 별별 상상을 다해 봤지만, 결론적인 생각은 떠오르지 않았다고 했다. 그러면서도 부정태가 떠올리지 못했던 그럴싸한 한 가지 개연성을 제시하는 것이었다. 어쩌면

이 아이의 부모가 자기네는 목숨을 내건 빨치산의 신념으로 입산 결행을 하면서도 어린 아들만은 해변마을로 보내서 목숨만은 부지하도록 만들려는 의도적인 행동이 아니었을까 하는 상상이었다. 얼마나 많은 상상 공상의 희미한 갈래들을 거쳐서 이런 생각에 이르렀을까, 민 하사의 뛰어난 사고력은 알아볼 만했으나, 아이의 부모가 차마 그렇게 불안하고 위험천만한 행동을 했을까 의아스러웠다.

말로만 들어봤던 초토화작전은 가슴을 마구 방망이질 치게 하는, 어마어마하게 무서운 것이었다. 마을 안 초가집들이 일제히 불타오르는 광경은, 이것이 지금 내가 사는 세상에서 벌어진다는 것이 믿어지지 않게 낯설고 광폭스러운 것이었다. 집 한 채가 불타는 광경도 하늘로 치솟아 올라가는 불꽃이 대단한데 이건 마을 안 초가집들이 한꺼번에 불타오르는 것이다. 시뻘건 화광이 충천하여 하늘 높이 솟아오르는 모습은, 이제까지 본 적이 없는 거대한 괴수가 붉은 혓바닥을 날름거리며 날아오르는 것처럼 보였다. 이건 마치 이 지구덩어리에 엄청난 규모의 새로운 지각변동이 생기는 것이 아닌가 착각이 들 정도였다. 가까이 서있기에는 너무 뜨거워서 멀찌감치 물러서 있어야 했다. 한참 떨어진 거리에서도 하늘 높이 치솟는 화염 덩어리는 엄부랑하였고, 차라리 몽환적이라 할 정도였다.

가슴 울렁거리기로 말하면, 마을이 불타오르는 광경에 못지 않은 것이 불이 다 꺼진 마을 안 집들을 찾아가 보는 것이었다. 수백 년 가족사의 숨결이 속속들이 깃들어있는 집들일 터인데, 이제 남은 것은 살그랑하니 가볍게 나뒹구는 숯검댕이들 뿐이었다. 그것은 비참하게 죽은 사람의 찢겨진 시신을 바라볼 때에 그냥 맹숭맹숭한 정신이 될 수 없는 것과 마찬가지였다. 끔찍한 화마가 온 마을을 휩쓸고 지나간 다음에 눈에 들어오는 것은 이전의 풍경하고 같을 수가 없었고, 불에 타서 폐허가 된 산간마을 뿐만 아니라 제주섬 전체의 공기가 으스스하고 음험한 것으로 느껴졌다. 길에서 만나는 사람이 그전부터 자주 보던 사람일 경우에도 처음 보는 것처럼 서먹서먹하게 생각되었고, 그전에 여러 번 봤던 마을 안 풍경조차 처음 보는 것처럼 낯설게 느껴지는 것이었다.

초토화작전이 실시되는 산간마을을 중심으로 토벌대와 유격대 사이의 충돌과 접전이 불가피하였는데, 양대 진영의 작전 계획에서 의존하는 추동력의 기초는 매우 달랐다. 좌익진영의 추동력은 그들의 뜨거운 투쟁열기에서 나왔음에 비하여, 우익진영의 추동력은 국가권력에 따라붙는 물리적 전투력의 수월성이었다. 한라산 곳곳의 아지트에 진을 친 유격대원들은 제대로 먹지도 잠을 자지도 못하는 최악의 생존을 근근히 이어가면서 작전에 나섰는데, 그들의 생존환경이 열악하다는 것이 목숨을 내건 그들의 투쟁열기를 오히려 강화시킨다는 것이 유격대 사령관이 대원들에게 들려주는 격려사라고 하였다. 난리가 끝날 때쯤에 발견된 최후의 잔존 공비들 모습이 아사 직전의 피골상접한 얼굴이었음은 입산자들의 극한적 생활상을 짐작케 하였다. 허술한 전투장비에도 불구하고 오로지 정신력만으로 승기를 잡아야 하는 좌익진영 유격대가 잘 쓰는 작전방식이 불시의 기습작전인 것은 불가피한 일이었다. 경찰지서와 관공서를 습격하거나 순찰 중의 군경토벌대를 가격할 때, '번개처럼 나타났다가 바람처럼 사라지는' 것이 유격대가 잘 쓰는 방식인데, 그것도 상대방에서 방어력 준비가 허술하기 마련인 야밤중 시간을 흔히 이용하였다. 속전속결식 번개작전을 순식간에 끝마치고 도망해야 하는 유격대가 대규모 인명살상을 저지르기는 사실상 불가능한 일이었다.

강력한 통치권력이 양성한 군경 토벌대가 정상적인 작전 궤도에 들어선 다음에 정규군대가 아닌 인민유격대와의 싸움에서 패배하는 것은 상상하기가 어려운 일이었다. 그들에게는 제대로 먹고 잘 수 있는 생활환경이 보장되어 있었고, 게다가 인원수로 봐도 유격대를 훨씬 능가하는 병력이었다. 토벌대는 상대방의 방어준비가 허술한 틈을 노려 기습하는 번개작전을 시도할 필요가 없었고, 잠 잘 시간에 졸린 눈을 비비면서 불편한 출정 행보를 강행할 필요도 없었다. 토벌대는 원하는 시간, 원하는 마을에 나타나서 그날 죽이기로 예정된, '빨갱이 혐의'가 있는 백성들을 호

출해 내어 질서정연하게 총살할 수 있었다. 국정목표인 좌익말
살 계획에 따르는 대규모 집단학살이 가능한 배경이었다. 유격
대와의 대전에서도 토벌대는 작전계획에 따른 물리적인 전투준
비를 다 마친 다음에 했기 때문에 상대방의 허점을 교묘하게 이
용하는 유격대의 전략과 크게 달랐다. 유격대는 전투가 벌어지
는 시간적 공간적 조건의 유불리를 따져야 했지만, 토벌대는 전
쟁역사에 뽑아온 것 같은 교과서적인 전술전략에 따른다고 할
수 있었다.

좌우익 양대 진영 간에 점점 격화되는 접전 양상을 바라보는
부정태 소위의 심중은 착잡하고도 고민스러웠다. 초토화작전은
대부분의 경우 한라산 기슭 산간마을을 대상으로했기 때문에 부
소위가 가본 적이 없는 낯선 곳이라는 것이 천만다행이었다. 그
산간마을에 친척이나 친구 등 연고자가 있었다면, 그곳을 헤집
고 다니며 분탕질을 한다는 것이 얼마나 공포스러웠을 것인지
상상 속에 그려보면서 이를 악물기도 했다. 부정태는 그의 소대
병력이 토벌대 작전에 나서는 마음이 그 자신과 어떻게 다를 것
인지 눈여겨 보았다. 그들 중에 상당수는 최근의 병력교체를 통
해서 육지에서부터 특별히 전입된 사람들이었다. 그래서 그런
지, 그네들은 오직 국가의 명령에 충직하게 따르는 것에 대해 별
다른 갈등을 느끼지 않는 것 같았다. 공비토벌과 좌익섬멸이라
는 정정당당한 목적이 있는 한에서, 다수의 희생자를 내는 것에

대해 별로 저항감 없이 수긍하는 눈치였다. 희생자가 많이 나오는 것이 안타깝긴 하지만, 그렇게 하지 않으면 어쩔 것인가, 폭도들 손에 나라가 망하는데도 그냥 두란 말인가, 이런 생각을 하는 것만 같았다. 만약에 부정태는 자신이 아닌 다른 사람, 제주 출신이 아니고 육지 출신인 장교가 이 소대를 이끌었어도 소대 병력의 작전참여 양상에서 뭐가 달라졌겠는가, 이런 상상을 하다가 멋쩍게 눈살을 찌푸리기도 하였다. 그의 소대 사병들 중에는 제주 출신들도 다소 섞여있었는데, 이들이 작전에 나서는 모습을 바라보는 것도 부정태의 마음을 심란하게 만들었다. 그가 보기에는 그네들은 육지 출신 사병들과 별로 다른 기색을 보여주지 않았던 것이다. 그럴 수가 있을까, 자기와 동향인 사람들, 알고보면 가로세로 여러 방향의 인연으로 얽혀있는 사람들에게 총을 겨누는 일이 그들에게 어찌하여 아무런 갈등도 일으키지 않을까, 이해되지 않았다. 그러나, 부정태는 곧 생각을 바꾸기로 했다. 사람들 얼굴 표정 같은 것으로 어떻게 그들의 마음속을 알아볼 수 있겠는가 싶었던 것이다. 부정태 자신처럼 그들도 마음의 갈등으로 심란하기는 마찬가지일 것이나, 그런 내색을 하지 않는 것이고, 오직 군인 된 사명감과 상명하복의 군인정신에 길들여진 것이라는 쪽으로 결론 내리기로 하였다.

19절

그날은 부정태의 부대가 오래 만에 맞는 작전 휴일이었다. 토벌대 병영에서 오전 나절을 보내던 부정태는 문득 자기 자신이 제1차 초토화작전 지휘를 맡았던 중산간 마을로 가보고 싶은 생각이 났다. 큰 범행을 저지른 사람은 자신의 범행이 행해진 현장을 한번 둘러봐야 직성이 풀린다는 말이 생각나는 가운데 부정태는 적당한 길벗이 될 만한 몇 사람 얼굴을 떠올려 보았다. 제일 먼저 떠오르는 얼굴이, 토벌대 작전에 여러 번 동행하여 분대장의 보좌역할을 잘 수행했던 민 하사였다. 함경도 출신으로 일찍부터 공산당의 실체를 직접 경험하고 실망한 결과로 월남했다고 말하는 사람이었는데, 민 하사가 쌓은 종군 경험과 군대 상식은 군복무 초년생인 자신을 훨씬 앞지른다는 생각이 떠올랐다. 일본군 병사로 만주벌판에서 쌓은 전쟁 경험을 살려서 현재의 하사관 직무를 충실히 수행하기 때문에 부 소위에게는 군대 선배나 진배없는 관계였다. 월남한 청년이면서도 서북청년단이라는 조직이 있는 줄 모르고 그냥 국방경비대원 모집에 응했었고, 군인 신분으로 제주도에 들어온 다음에도 제주사람들의 경계 대상인 서청과는 거리를 두는 순박한 청년이었다. 민 하사를 불러낸 다음에 바람 쏘이러 가자는 청을 했더니 쾌히 승낙해 주었다. 행선지를 제주읍내 고지대에 있는 보천마을로 정하는 것도 좋다고 했다.

민 하사가 부정태와 나란히 길을 가면서 들려준 말도 군대 선배의 이력을 잘 보여주는 것이었다. 불탄 마을 방문하는 것이 그리 간단한 일이 아닐 것이라는 얘기였는데, 민 하사는 신참 장교인 부정태로서는 떠올리기 어려운 추측을 하고 있었던 것이다.

—가보면 알겠지만, 우리가 깨끗이 비워 논 마을이 아직도 그 상태로 남아있지는 않을 것입니다.

—그럼, 우리가 완전히 비워 논 마을에 누가 와서 살고 있을 것이란 말이오?

—지금은 최고로 추운 겨울인데 한라산 동굴 같은 데에서 돌돌 떨고 있는 사람들이 많을 거 아닙니까. 지붕만 간단히 덮으면 잠잘 수 있는 바람막이 돌담벽도 그 사람들에겐 아까울 것입니다. 발견되면 총살인 것을 아니까, 아마도 훤히 밝은 대낮에는 얼씬 못할 거 같습니다만은.

—한번 불타버린 마을에 찾아오는 사람들은 그 마을에 살던 사람일까요, 아니면 다른 마을 사람들일까요.

—그 마을에 살았었는데, 이주 명령을 안 지키고 야산으로 도피한 사람들이 제일 많을 거고요, 다른 마을에 살았었는데 자기가 살던 마을로 돌아갈 형편이 못된 사람들도 일부 있을 겁니다. 제가 오늘 소대장님을 따라서 안심하고 보천마을 방문을 가보겠다고 한 건 그 마을 주민들의 이수 성과가 아주 탁월했기 때문입니다. 보천마을 주민들은 부락민들 거의 전체가 해변마을 이주자 명단에 올라있었잖습니까. 그 마을에 살다가 입산한 사람들이 다시 그 마을로 돌아오는 예는 별로 없을 거란 얘기지요. 잘 모르겠습니다, 저의 이런 추측이 얼마나 맞을른지. 이런 말은 제가 옛날 경험이 있어서 생각난 것입니다. 일본군이 만주벌판에서 벌인 초토화작전도 잔인하기는 마찬가지였지요.

—그런 말 들으니, 마음이 조마조마 긴장되네요.

조천면 야산지대의 토벌대 임시 병영에서 제주읍내 보천마을까지 걸어가는 데에는 한 시간이 족히 걸렸다. 걸어가는 동안에 제주읍 출신인 부정태는 들려줄 얘기가 많았음이 잘됐다 싶었다. 이제까지는 노상 민 하사가 그에게 들려줄 말이 많았던 것이다. 보천마을보다 더 크고 더 부유한 마을이 그 서쪽에 있는 봉구마을이었지만, 이제까지 실시한 1차 2차 초토화작전 중에 엄청 큰 불행을 당한 것이 이 봉구마을이었다는 얘기가 오늘의 화제에 어울린다고 생각되었다. 봉구마을에는 조선시대에 어떤 고명한 학자가 청년들에게 교육운동을 일으켜서 그 마을의 교육 수준을 높이 올려놓은 과거의 역사가 현재까지도 남아있던 탓에 폭력경찰과 부패정권에 대한 부락민들의 반발이 심하였고, 해변 마을로의 이주 명령에도 고분고분 잘 따르지 않아서 집단학살의 모진 액운을 당했던 것이다. 봉구마을의 경우는 과거의 복이 현재의 화를 불러오는 얄궂은 운세가 되어버렸다는 서글픈 이야기였다. 이에 비해 부정태 소위가 떠맡았던 보천마을의 경우는, 옛날부터 작고 가난한 시골벽지 마을인지라, 부락민들이 토벌대의 명령에 순순히 잘 따라준 덕분에 희생자가 거의 없는 모범마을이 될 수 있었고, 부정태 소위가 유능한 지휘자로 칭송 받는 행운으로 이어졌던 것이다.

 ―금년에 나의 운수가 좋았던가 봐요.

 민 하사에게 무심코 한 마디 하고 보니 두 마을을 비교하는 이야기가 그리 좋은 화제는 아닌 성 싶었다. 자기 운수 좋은 이야기만 나오고 민 하사의 보좌역할에 대한 고마움이 담겨있지 않은 말이었던 것이다. 부정태는 서둘러서 화제의 방향을 바꾸려고 했지만, 민 하사의 재치있는 응답은 그의 소심한 걱정을 떨쳐 내 주었다.

 ―허, 그거, 내가 말머리를 잘못 잡은 거 같네요. 다루기 좋은 마을을 만난 소대장 운세 때문이 아니라 민 하사 같은 분대장 잘

만난 덕분이라고 해야되는 건데, 내 말이 잘못 나갔소.

─무슨 과공의 말씀을. 아무리 모범부락이라도 명령 불복이 그렇게 적게 나오기는 쉬운 일이 아니지요. 우리 연대장님 정말 기분이 좋으신 거 같았습니다. 우리 연대 토벌대 작전이 얼마나 훌륭하면 국민들 호응이 이렇게 잘될 수 있겠냐고 신문에라도 내고 싶을 것입니다.

두 사람은 어느덧 목적지인 보천마을에 이르렀다. 이 마을의 한가운데 리사무소가 있던 자리 가까이에 이르렀을 때 그들은 딱-하고 걸음을 멈추었다. 마을 한길가에 있는 커다란 고목나무 두 그루의 나뭇가지 사이에 커다란 광목 현수막이 드높이 걸려있었는데, 하얀 색 현수막에 검은 색으로 쓰여있는 글씨가 두 사람의 눈길을 끌었던 것이다. 거기에는 커다란 글씨로 〈반란이 없다면 토벌도 없다. 평화복원 모범부락 보천마을〉이라는 문귀가 두 줄로 쓰여있었고, 그 아래에는 좀 작지만 선명한 글씨로 〈책임장교: 육군소위 부정태〉라고 쓰여있었다.

─보십시오. 부정태 소위님은 이제 제주도 영웅이 되신 겁니다. 우리 4중대 5소대의 영광입니다.

민 하사는 자신까지 기분이 좋은 듯 모범부락 홍보 현수막을 바라보면서 유쾌한 표정을 숨기지 않았다. 그러나, 잠시 뒤에 부정태 하사의 입에서는 이와는 다른 어조의 말이 나와서 이를 듣는 민 하사를 민망하게 만들었다. 마치 준비되었던 것처럼 그의 입에서 길다란 사설이 나오는 동안 그가 치켜든 오른손은 현수막 쪽으로 점 찍듯이 향하고 있었다.

　—홍보를 하려면 똑똑히 해야지, 이걸 읽어볼 사람이 누군지를 고려해얄 거 아닌가요. 민 하사, 들어보시오. 이 현수막은 산사람들이 읽어보라고 걸어 놓은 거겠지요. 산사람들은 자기네가 반란자라는 말 듣는 걸 혐오하는 거 몰라요? 자기넨 반란이 아니라, 항쟁을 한다는 거요. 민주항쟁을 하는데 왜 탄압하고 토벌하냐고 외치는 사람들에게 이런 홍보가 어떤 반응을 일으키겠냐 말이죠. 평화란 말도 그 사람들에겐 염장 지르는 말일 거요. 사람 살지 못하게 다 쫓아내고 불 질렀는데, 그런 가운데 조용한 게 무슨 평화냐고 할 거요. 반란자는 토벌할 수밖에 없다고 저렇게 호령하면 그 사람들이, 아, 네, 반란 일으킨 거 반성합니다, 이렇게 나오겠냐 말이죠. 그 사람네 부아만 돋구고 더 악 쓰게 하지 않겠냐는 거요. 그 사람네 악에 받치면 얼마나 독해지는지 알잖소.

　—그렇지만, 그렇다고 해서 ….

　민 하사의 대꾸하는 말이 채 나오기 전에 난데없는 총성이 들림과 함께 부정태 소위가 허리를 꺾고 앞으로 고꾸라졌다. 민 하사가 들고 있던 엠원소총을 재빨리 치켜들고 총성이 울린 방향으로 고개를 돌렸으나 범인을 따라잡기는 이미 늦어버린 뒤였다. 총을 쏜 범인으로 보이는 청년 하나가 오른쪽 대나무숲에서

125

뛰쳐 나와 저멀리 한라산 쪽으로 황급히 달아나고 있었다. 민 하사는 달아나는 범인을 몇 발자국 따라가다가 다시 돌아왔다. 누구를 따라가는 것보다 더 시급한 것이 출혈이 낭자한 부정태 소대장을 신속하게 들쳐업고 병원으로 달려가는 일이었다.

20절

도립병원에 입원한 부정태는 틈이 나는 대로 문병을 와주는 민 하사가 고마웠다. 민 하사는 마치 자기 때문에 자기 상관이 총격을 당하기나 한 것처럼 미안해하면서 부정태의 쾌유를 빌어주었다. 환자 뒷수발을 해주는 것은 간호사나 가족들이었지만, 이런저런 얘기로 심심풀이를 도와주는 말벗은 민 하사였다. 목숨이 오락가락하는 위기를 함께 겪은 것이 여러 차례였는데다가, 저번에 부정태가 당한 테러사건으로 해서 두 사람은 더욱 돈독한 전우애를 느끼게 되었다. 총상을 입은 부위가 오른쪽 손바닥 한 군데였던 것이 천만다행이었다. 희한하게도 오른쪽 손바닥을 관통하는 상처를 입었는데, 가운데 손가락뼈 부러뜨린 것을 복원하는 수술이 고난도 작업이었다.

입원 후 벌써 두 달 가까이 지나는 동안에 수술 뒤끝의 마무리

처리도 거의 끝날 단계에 와있다고 하였다. 민 하사는 오늘 따라 자기가 갖고 온 화젯거리가 심상치 않은 듯 옆에 서있는 부정태 부인의 눈치를 살펴보는 기색이었다. 이런 눈치를 알아차린 부인이 밖으로 나가 주었지만 정작 말문을 먼저 연 사람은 부정태였다. 그동안 자기가 참여하지 못한 토벌대의 작전 상황이 궁금했던 것이다.

　―요즘 토벌대 전황은 어떻소? 초토화작전은 잘 진행되고 있는가요?

　―너무너무 잘 진행되어서 탈이지요. 작전 속도도 얼마나 빠른지 눈알이 휙휙 돌아갈 정도입니다. 초토화작전 1차나 2차에 비해서 3차부터는 사망자도 엄청 많아졌습니다.

　―토벌대 작전이 점점 강경해지는가 보지요.

　―강경 정도가 아니고, 아주 초강경 작전입니다. 초토화작전이 점점 더 고지대 마을을 대상으로 하는 것도 작전이 더 강경해지는 배경이 되는 거 같고요. 고지대 부락민들은 유격대하고 한통속 되기가 쉽다 보니까 토벌대에 대한 반발이 더 심해서 이주 명령을 잘 따라주질 않았습니다. 우리 소대가 나섰던 1,2차 작전 때에 사망자가 많지 않았던 건 부락민들 대부분이 이주 명령을 잘 따라주었기 때문 아닙니까. 토벌대의 명령을 잘 따르지 않아서 부락민들이 집단적으로 총살당하는 장면은 너무너무 참혹했습니다.

―토벌대의 작전 방식도 달라졌겠네요.

―그렇습니다. 아주 많이 달라졌습니다. 한마디로 예전보다 훨씬 더 과감하고 잔혹해졌지요. 전에처럼 집들에 불 붙이기 전에 유예기간을 두고 초토화 준비과정을 거치는 게 싹 없어졌습니다. 그냥 '화공 실시' 명령이 떨어지면 기름통 들고 달려가서 초가집 지붕에 뿌리는 겁니다. 집 안에 남은 사람이 있는지 확인하는 가택수색 같은 것도 대충대충 해나가니 작전 속도가 굉장히 빨라졌지요. 한마디로 속전속결입니다. 이전 같으면 수상한 행인을 보면 조사하고 심문한 다음에 연행했을 걸 가지고 이젠 그냥 총살해 버립니다. 누구를 죽이느냐 하는 것도 달라져서, 그전에는 대개 젊은 남자들을 죽였지만, 이제는 적성구역에 나다니는 사람은 남녀노소 가리지 않고 죽입니다. 적성구역 통금위반죄가 바로 사형죄가 되는 겁니다. 정세가 다급한 모양이예요.

―대통령이 강경 진압을 명령했던 모양이지요?

―맞습니다. 한라산 공비 토벌 언제까지 끝 거냐고 대통령이 불호령 내리면서 가혹한 방법으로 탄압하라고 명령했답니다. 애초에 대통령이 공비토벌 방침을 밀어붙이는 건 저도 찬성했습지요. 저는 처음부터 이승만 대통령 지지파였지 않습니까. 그렇지만 반공하고 멸공하기 위해선 사람 죽이는 특허라도 내주었다는 건지 이 정부의 초강경 방침을 이해할 수 없단 말입니다. 너무너무 사람 죽이기를 쉽게 하기 때문에 이것이 우리가 이제까지 살

129

아온 세상이 맞는가 의심될 정도입니다. 적성구역에 나타난다고 죽이고, 가족이 입산했다고 죽이고, 빨갱이를 보고서도 신고하지 않았다고 죽이고, 이렇게 되면 정부가 자진해서 반정부 반역자를 만드는 거 잖습니까.

―사람을 많이 죽여야 찬양 받으니 사람 죽이기 경쟁이 되어 버린 꼴이네요.

―맞습니다. 그렇지만, 경쟁을 시키려면, 우리 소대에서 전에 했던 것처럼, 이주 명령에 거역하는 부락민이 얼마나 적게 나오느냐, 그런 식으로 해야지, 무조건하고 어느 마을에는 빨갱이를 몇 명 사살했느냐, 이런 경쟁을 시키니까, 어떻게 그런 나라에 충성하겠냐 이겁니다. 요 며칠 전에는 남원면 의귀리에서 유격대가 토벌대를 공격한 심야 전투에 참여했는데, 저는 이 전투에서 토벌대가 얼마나 잔혹한지, 유격대가 얼마나 무모한지를 똑똑히 발견했습니다.

―이제는 유격대가 전투 벌일 힘이 없다고 들었는데.

―맞습니다. 싸울 힘이 다 소진된 유격대가 질 것이 뻔한 싸움에 뛰어들다가 이젠 정말로 패망 직전에 있는 거지요. 젊은 혈기 하나만 믿고 싸우는 걸 보니까, 젊음이란 것이 얼마나 위험한 것인지 섬뜩할 정도였습니다. 의귀국민학교에 주둔 중인 토벌대를 습격한 유격대 병력은 200명 정도였다고 합니다. 그네들로서는 마지막 남은 주력 부대였지만, 그날 유격대의 도발은 패

배할 것이 뻔했다는 겁니다. 심야의 어둠속인데 학교 울담에서부터 건물 내를 공격하는 건 오발탄 되기가 십상이었고, 토벌대의 조명탄이 경내를 밝히는 가운데 지붕 위에 설치된 기관총 집중사격이 유격대 진입을 어렵게 했으니까, 유격대 측의 참패로 끝날 수밖에요. 양측이 사용한 무기도 비교가 안 되었고 말이죠. 전투가 끝났을 때, 전사자가 군인은 8명인데 유격대원은 53명이었다는 겁니다. 그런데 우리 토벌대가 얼마나 잔혹한 집단인지를 보여준 건 야밤 중 전투가 끝난 다음이었습니다. 토벌대는 학교에 수용 중이던 80여 명 부락민들을 모두 총살했는데, 이 사람들은 산간지대에서 헤매다가 백기 들고 나온 귀순자였단 말입니다. 귀순시켜 놓고 총살이다, 그럴 수도 있는 겁니까. 이날 토벌대는 악랄한 거지만, 유격대는 머리 쓸 줄 모르는 바보짓을 한 겁니다. 학교에 수용 중인 마을사람들은 빨치산 동지들이니까 자기네가 구해주려고 출격한 것이라고 하면, 그 사람들은 토벌대의 학살 대상이 될 거라는 걸 왜 모를까 하는 겁니다. 토벌대는 유격대의 뻔뻔스런 도발에 대해 보복살인을 한 거란 말입니다. 부 소위님은, 나쁜 사람하고 바보가 싸우는 거 구경하기가 고역스럽다는 말 들어보셨습니까.

　―그건 고역이면서 한숨 나오는 일 아니겠소.

　―제가 이 나라 정부를 이해할 수 없는 건, 싸울 힘도 없고 무식한 백성들, 그냥 내버려도 문제 될 거 없는 양민들을 뭣 때문에

131

죽이느냐 이겁니다. 무기 갖고 덤비는 무장대야 강경진압을 하는 것이 필요하겠지만, 의귀국민학교에 수용 중이던 귀순자들처럼 무기도 없고 싸울만한 체력도 없는 노약자나 부녀자들, 그것도 귀순하겠다고 나온 사람들을 왜 죽이느냐 하는 겁니다. 이 사람들은 일자무식하기 때문에 그 똑똑헌 체허는 빨갱이들 축에도 못 든다 말입니다. 아, 지금 이 나라 국군의 지상명령은 빨갱이 퇴치라는 건데, 이거 앞뒤가 안 맞는거 아닙니까.

　―빨갱이 축엔 못 들어도 빨갱이 심부름은 할 수 있다고 보는 거지요. 정부가 국민을 믿지 못하고 국민은 정부를 믿지 못하는 불신관계, 이것이 문제인 거 같아요.

　―맞습니다. 상호불신 때문에 생긴 희생이 엄청 많았습니다. 요 근래에는 무력진압 중심에서 평화적인 선무 중심으로 토벌대 방침이 바뀌어 가지고 많은 성과를 가져왔다고 합니다. 백기 들고 귀순하는 사람들이 무리 지어 나타났다는 건데 왜 이런 선무 방침을 더 일찍 실시하지 않았느냐 하는 문제에서 상호신뢰가 얼마나 중요한지가 나타났지요. 토벌대는 부락민들에게 이렇게 말합니다. 이제까지는 왜 토벌대의 귀순 권유에 따르지 않고 도망만 다녔느냐, 강경진압 방침으로 바뀐 다음에라야 귀순하려고 하니까 억울한 희생자가 많이 나오지 않으냐, 이렇게 말하지요. 그러면 부락민들은 뭐라고 하는지 아십니까. 귀순하겠다고 말해도 믿어주지 않는다니까 귀순하지 못한 것이라고 하는 겁니다.

그러니까 양쪽 다 상대방에 대해 불신을 하는 상태에서 대응 행동을 하기 때문에 불필요한 희생이 많아진 거지요.

─상대방에 대한 불신은, 어느 한쪽의 작은 불신이 다른 쪽에서는 크게 보인다는 거, 이런 문제가 있는 거 같애요. 토벌대와 유격대 간에 보복살인이 자주 일어나는 것도, 상대쪽에서는 하찮은 일 가지고 분풀이를 한다고 말하지만, 당사자에게는 작은 일이 아니란 것이죠.

─우리 정부는 남로당 유격대를 완전히 뿌리 뽑아야 할 악당이라고 보는 거 같은데 이 점은 어떻게 생각하십니까. 강경진압 전략이 한창이었을 때 군대와 경찰 병력을 합하면 5천 명이나 되었다고 하는데 이럴 적에도 한라산 무장대 병력은 그 10분의 1도 안됐다는 겁니다. 게다가 전투장비와 무기도 양쪽은 비교가 안 됐지요.

─남로당의 혁명운동을 그대로 놔두면 한반도가 적화통일 되고 망국의 길로 간다는 것이 우리 대통령의 믿음인 거 같애요. 그렇지만, 실지로 미래의 역사가 어떤 방향으로 나갈지를 알 수 없으니 답답한 거지요. 공산주의가 지향하는 미래가 역사의 진보가 될 것이냐, 퇴보가 될 것이냐, 이 문제는 나도 모르겠소.

─큰 길로 가는 역사는 오래 기다려야 알 수 있겠지만, 작은 길의 역사는 이제 바뀐 게 틀림없습니다. 부 소위님이 토벌대를 떠난 다음에 대세가 결정된 거지요. 유격대는 토벌대에 대항할

실력이 완전히 소진된 겁니다. 민간인들도 토벌대에게 쫓겨다니는 것이 지긋지긋해서 진짜 귀순을 결심하고 있습니다. 굶어 죽으나 총 맞아 죽으나 죽기는 마찬가지다, 이런 말이 나옵니다. 무장대원들 사람 수부터가 이젠 얼마 안되니까, 부락민에게 무장대 협력 혐의를 두는 것도 이젠 별 의미가 없어졌지요. 의귀리 전투가 무장대 역사의 사실상 종언이라는 말이 나옵니다.

—민 하사의 말을 들으니, 내 마음이 허탈해지네요. 뒷봉수를 되게 얻어맞는 기분이기도 하고. 풍문에 듣기로도 잔혹한 진압작전이 실시된다고 들었지만, 긴가민가 했고, 실상이 그렇게 심각한 건 몰랐던 거요. 그렇지만 이제 한시대가 끝났다고 하니까 정부와 국민 간의 불신관계도 청산된다면 좋겠네요.

—맞습니다. 이제야말로 민생문제로 돌아가서 민심 안정에 공을 들여야 할 거 같습니다. 우리 대통령이 조속한 빨치산 진압을 다그친 이유 중에는 미국원조 받아오는 속셈도 있었다고 하는데 제발 그 원조 받아다가 제주도 백성들에게도 좀 넉넉하게 나누어 주면 얼마나 좋겠습니까.

—그 문젠 잘 풀릴 것 같네요. 이렇게 육지사람까지 나서서 제주도 백성들 걱정을 해주시니까 말이요.

—저를 육지사람이라고 선을 긋고 바라보시면 섭섭한데요. 제가 여기 와서 제주사람들을 향해서 총질을 하긴 했지만, 제주도를 저의 고향처럼 사랑하게 된 걸 알아주시면 좋겠어요. 타지역

출신으로 들어와서 제주사람으로 인정 받으려면 어떻게 해야 점수를 잘 받을지 고심 중입니다. 기회만 되면 퇴역 후에도 여기 제주도에서 살고 싶고요. 제가 농사꾼 출신이니까, 붙어먹을 땅이 조금만 있어도 주저할 게 없는데 말입니다.

─난리가 끝나면 제주도 주둔군이 모두 육지부로 돌아갈 텐데요. 직업군인으로 입대하신 거 아닌가요?

─애초에는 군대에서 평생을 바칠 결심이었지요. 이승만 정권의 반공정책을 지지하기도 했고 말입니다. 그런데, 지난 겨울 초토화작전을 보면서 저의 충성심에 바닥이 난 거 같습니다. 저는 요즘 중대 결심을 하고 있습니다. 불원간 이 부끄러운 군복을 벗을 각오입니다. 군복무 의무연한 채우지 않고도 퇴역할 수 있는 길을 찾는 중입니다. 적당히 사고 치는 방법도 있을 거 같고요.

─찾아보면 좋은 일거리가 있지 않겠소. 민 하사 같은 알짜 휴머니스트는 제주사람들 모두가 환영할 거요. 육지사람이라고 지레 겁부터 먹지 마시구레.

─하여간 기대는 해볼 겁니다.

민 하사는 잠시 말을 끊더니, 고개를 두어 번 내젓고 나서 다시 입을 열었다.

─오늘은 제가 슬픈 소식 하나를 갖고 왔습니다.

─슬픈 소식이라니, 무슨 일이요?

─차명진 중위님이 돌아가셨습니다. 그것도 자기 부하의 총에

맞아서 말입니다.

─뭐요? 차명진 중위님이? 그건 어떻게 된 말이요?

─그러니까, 부 소위님 말씀대로, 반공사상과 애국정신이 너무 투철하신 탓으로 죽음까지 가신 거 같습니다.

사연을 듣고 보니, 민 하사의 촌평이 들어맞는 말이었다. 승진 소식과 함께 여수지구 14연대로 전출해 간 차명진 중위는 본부중대장의 요직을 맡고 있다가, 연대장이 특별히 요청한 사상교육 강연에서 열변을 토하던 중에 자신의 직속 부하가 쏜 총을 맞고 현장에서 즉사했다는 것이다. 반공정신이 투철한 탓이라는 민 하사의 말이 들어맞는다고 보는 것은, 빨치산 퇴치작전은 민족사적 절대명령이라고 말하는 차명진 중위의 열변이 얼마나 도도했을지 상상이 되기 때문이었다. 간략한 소식을 전해 들은 부정태 소위의 상상력이 빠르게 돌아갔다. 차명진은 공산당 집단에 대한 적개심이 막강한데다 알고있는 지식이 빠삭하였으니 그가 발산하는 반공 강연의 열기가 장내의 청중을 사로잡았을 터인데, 그것이 바로 열성적인 남로당 프락치의 의분을 폭발케 하는 도화선이 되었을 것 같았다. 열렬한 이승만 숭배자가 열렬한 김일성 숭배자에게 저격당한 것이라면, 별로 이상할 것도 없었다. 여순반란사건에 뒤이은 14연대의 숙군작업이 있었음에도 남로당 프락치가 건재하고 있어서 이 같은 하극상 사건이 일어났으니, 남로당의 집요한 투쟁 열기가 아직도 한반도의 곳곳에 상존하고 있음을 증거한다는 얘기였다. 이승만의 정치노선에 대해 극렬하게 반대하는 사람들로서는 가능한 일이었다. 권력욕에 눈이 멀어서 민족통일의 성스러운 과업을 좌절시킨 제1 순위 원흉이 이승만이라고 생각하는 사람들인 것이다. 한심스러운 것은, 여수지구 토벌대의 남로당 끄나풀을 제거하기 위해 광주지구 5 연대에서 차출해 왔다는 그 저격범조차도 기실은 남로당 프락치였다는 웃지못할 사실이었다.

―여수지구 장교 저격범은 체포되었는데, 제주지구 장교 저격범은 아직도 오리무중이네요. 누군지 감이 가는 사람은 없습니까.

―내가 점쟁이도 아니고, 어떻게 알겠소.

―그런데, 이상한 건 그 저격범이 부 소위님의 손 부위를 조준한 것 같다는 겁니다. 그때 부 소위님이 오른손을 치켜들어서 현수막을 가리킬 때를 노려서 총을 쏘았다 말입니다. 그러니까 그놈은 살해를 목표로 한 것이 아니라 그냥 오른손 부위를 못 쓰게 하는 것이 목표였다는 거 아닙니까. 저는 처음에는 손 부위를 맞힌 것이 사격술이 모자란 탓이 아닌가 했지만, 가만히 생각해 보니 오히려 사격술이 아주 뛰어난 놈의 짓인 것 같다는 겁니다. 폭도들 중에 어떤 놈이 그 마을 주변에서 어정거리다가 테러를 가한 것 같은데, 아마도 그곳에 걸려있는 현수막을 구경하던 참인 것도 같고 말입니다.

—허, 민 하사는 전쟁 경험이 많으니까 상상하는 것이 다른 거 같네요. 글쎄올씨다.

민 하사가 돌아간 다음에도 부정태의 머릿속은 이어지는 상상의 나래짓으로 어수선하였다. 차명진 중위가 들려주었을 도도한 반공주의 강연이 생생하게 떠올랐다. 대한민국 건국 제일의 이념은 공산주의 박멸이고, 이승만 대통령이 고집불통 비난을 감수하면서 반공의 건국이념을 관철시키는 것은 그만큼 그의 소신이 강하기 때문이라는 것이 부정태가 기억하는 차명진의 말이었다. 이렇게 열렬한 이승만 숭배자를 저격한 사람도 김일성 숭배의 열의가 대단했던 모양이다. 군영 내 교양강연 중인 상관을 암살하면 갈데없는 사형깜임을 모를 리 없을 것이 아닌가. 남북 양쪽에서 척지고 있는 건국영웅 두 인물 중에 누군가 한 사람은 역사의 오류를 범하고 있을 것인즉, 어느 쪽 건국영웅이 옳은지가 판가름 나는 것은 언제일까. 앞으로 반세기 정도만 있어도 역사의 흐름은 그런 판가름을 알려줄 것이다. 김일성의 공산국가와 이승만의 반공국가 중에 어느 쪽이 최후에 성공적인 역사를 이루어낼 것인지 드러날 때가 오겠지만, 그때가 될 때까지는 이런 혼란이 계속된단 말인가. 작금의 세계역사는 공산주의를 지향하는 것처럼 보이지만, 미래에는 분명히 공산주의가 망하는 역사를 보게될 것이라는 자신의 신념어린 주장들이 현실 정치판에서 얼마나 들어맞는지 증명되기 이전에 작고해버린 선배 장교의 운명이 야속하였다.

　군경 토벌대의 남로당 괴멸작전에 대해 민 하사가 실망을 토로한 것도 부정태의 머릿속을 산란하게 만들었다. 민 하사는 애초에는 정부군의 공비토벌 작전에 참가함을 보람으로 생각했던 사람이 아닌가. 그가 토벌대의 초토화작전에 적극 협조하여 부정태 소대장의 충실한 보좌역할을 수행한 것은 그것이 반공과 멸공의 정부정책에서 나왔기 때문이었다. 충직한 반공주의자 민 하사가 정부군의 남로당 괴멸을 위한 초토화작전이 옳았는가 의문을 갖기 시작했다는 말은 부정태에게도 작은 일이 아니었다. 공산주의 집단이나 진배없이 잔혹했다는 초토화작전이 멸공대열의 정부군에 의해 자행된다는 사실은 반공주의자 민 하사의 충성심조차 흔들리게 했다는 것이다. 민 하사의 반공주의가 그 자신의 체험에서 나왔던 것처럼, 멸공 전선의 토벌대 정당성에 대한 그의 의문도 그 자신의 체험에서 나온 것이기 때문에, 부정태는 그의 변심을 허투루 볼 수가 없었다.

　민 하사와는 달리 부정태는 공산주의의 옳고그름에 대해서 별다른 신념이 없는 사람이었다. 두 사람은 모두 4·3사태를 일으킨 남로당의 분쇄작전에 충성을 다해 참여했지만, 부정태의 남로당 반대는 남로당의 공산주의를 반대하기 때문이 아니었다. 정치이념의 옳고그름에 대해 유보적인 입장에 있으면서도 남로당 분쇄작전에 충성을 바칠 수 있었던 것은, 제주도 백성들이 빨갱이 섬이라는 딱지 때문에 탄압받고 설움을 당하기 때문이었던 것이다. 세계역사의 지식이 빈약하고 공산주의의 실체가 어떤 것인지 잘 모르는 부정태의 입장에서는 공산주의가 나쁘기 때문에 남로당 무장대를 섬멸해야한다는 말이 나올 수는 없었다. 부정태가 직접 눈으로 보지는 못했지만, 민 하사가 전하는 토벌대 초토화작전의 잔혹상이 사실이었다면, 마땅히 군경토벌대의 존재이유에 대해 의문을 제기해야할 것이라고 생각되었다. 이전에 토벌대가 폭력을 쓴 것은 반란군의 폭력을 제압하기 위해서였지만, 맞대항할 별다른 세력이 없어진 상태에서 초토화작전은 무엇을 위해서였나. 제주섬 사람들은 오랜 세월 가족공동체처럼 끈끈한 인정으로 맺어진 세상을 살아왔는데, 억울하게 죽어간 이 지역 주민들의 역사는 제주섬 운명공동체의 고질적인 트라우마로 남아있을 것이 아닌가.

공비토벌대의 학살 만행에 대한 역서적인 판결이 이렇게 부정적인 것으로 나오게 된다면, 부정태 자신이 한동안 공비토벌 작전에 충직하게 참여한 것조차도 모두 허망한 자기기만이 되어버릴 것이 아닌가. 잔혹했다는 막판 초토화작전에서 자신이 제외된 사실은, 운좋게 걸러든 불행 중 다행이라 치더라도, 부정태 자신이 초기의 온건한 초토화작전에서는 누구보다도 충성을 다하여 참여함으로써 군경토벌대의 존재이유를 강화했던 것이다. 제주 출신 국군장교까지도 제주지역 학살만행의 대열에 함께하고 있음을 세상사람들에게 온몸으로 보여주었고, 빨치산 거점마을의 강제이주 전략을 성공적으로 실시함으로써 무자비한 토벌대 작전의 정당성을 지켜주었음은 부끄러운 일임에 틀림없는 것이었다.

21절

민 하사가 들려준 토벌대의 빨치산 궤멸작전 소식은 부정태의 마음을 한동안 얼떨떨한 무력상태로 몰아넣었다. 불원간 퇴원 날짜를 앞두고 있는데, 병원 밖으로 나가서 사람들 얼굴 보기가 부끄러울 것 같았다. 지난 겨울 제주도 천지를 살육과 공포의 도가니 속에 몰아넣었다는 공비토벌대, 제주도 사람이라면 그런 공비토벌대 출신인 자신을 보고서 어떤 저주의 시선을 던질 것인가. 제주섬 출신 국군장교로서 온갖 난관을 무릅쓰고 제주도 난리의 참상을 조금이라도 덜어주려고 애썼던 자신의 고충을 저 사람들은 알아줄 리가 없고, 그들이 이제까지 듣지도 보지도 못했던 잔혹한 방식으로 인명살상의 만행을 범한 악당이라고만 알고 있을 것이 아닌가. 그들은 공비토벌 부대의 소대장이라고 하면 토벌대 병사들이 자행하는 온갖 폭력과 학살 행위를 지시하는 최일선 지휘자로 알 것이다. 자신의 오른손 손바닥에 생긴 총상 자국도 이 같은 공비토벌 작전 중에 얻은 가증스러운 흔적이라고 볼 것이 아닌가.

부정태는 한동안 고심한 끝에 가상적인 죄책감에서는 벗어나는 방향으로 마음을 다잡기로 했다. 손바닥 총상을 입지 않았을 경우에 공비토벌대 소대장으로 범했으리라고 생각되는 잔혹한 학살만행을 놓고 고민하지 말자는 결심이었는데, 그렇게 마음을 다지게 되자 부정태는 어려운 사고의 미로를 겨우 벗어나는 기분이 되었다. 옳은 일에 참여하지 못한 것은 부끄러운 일이지만, 옳지 못한 일에 참여하지 않은 것을 가지고 부끄러워할 필요가 있겠느냐는 생각이었다. 이 상처가 생긴 내력을 따져보면, 그 자신이 공비토벌 작전에 충성을 다해 참여했기 때문에 얻은 것이기는 하지만, 뜻밖에 당한 이 상처가 지난 겨울의 그 잔혹한 초토화작전에 불참하게 만들어 준 것도 사실이었다. 결과적으로 그의 손바닥을 뚫고 나간 총알 하나가 토벌대의 가공할 학살 만행에서 벗어나게 함으로써 부정태로 하여금 부끄러운 국군장교의 이력을 쌓는 불행을 다소나마 피하게 해준 셈이었다. 생각할수록 의미심장한 총알 한 방이었다.

손바닥 상처의 의미가 이다지도 큰 것이구나, 고개를 갸웃거리는 부정태의 뇌리에는 그에게 의문의 총상을 입히고 달아나버린 사람이 누구인가 하는 오랜 의문이 또 다시 떠올랐다. 그 의문의 인물은 아직도 밝혀지지 않았지만, 그의 상상 속에 떠오르는 사람이 없는 것은 아니었다. 지난 여러 달을 두고 상상에 상상을 거듭했지만 총격 혐의자로 꼽힐 만한 사람은 허만호, 그 친구일 수밖에 없다는 결론이었다. 몇 가지 정황이 그런 추측을 뒷받침하였다. 오른쪽 손을 치켜들었을 때 손등 중앙을 관통하는 총격이었으니, 이것은 분명히 고의적인 행위였지 우발적인 행위는 아니었다고 추측이 되었다.

잔혹한 토벌대의 작전에 소대장으로 참여했더라면 궁지에 몰릴 뻔했던 자신의 양심을 고이 지켜준 인물이 다른 사람 아닌 허만호라는 생각에 이르자 부정태의 뇌리에는 자기에게 총을 겨눌 때의 허만호 심중에 대해 갖가지 상상이 떠올랐다. 부정태가 강성국 선생을 통해서 보낸 비밀 메시지에 대해 아무런 반응이 없었다는 것은, 부정태가 건넨 '폭력이 없는 물자조달'의 힌트를 그냥 뭉개버리고 말았음을 뜻했을 것이고, 허만호는 부정태의 한심한 토벌대 참여 작태를 응징하는 정공법을 쓴 것이 아니었을까. 허만호가 총격을 가한 목적이 부정태의 오른쪽 손에 총상을 입혀서 그의 집총 능력을 무력화시키는 것이라고 한다면, 의문 투성이였던 그의 총상은 소기의 목적을 달성한 셈이었다. 총격을 가한 순간의 정황으로 보아서 치명상을 입힐 수도 있었을 텐데 그러지 않았음은, 허만호에게 부정태를 살해할 의도는 없었다는 뜻이었을 것이다. 옛날의 우정과 의리를 생각할 때 차마 죽일 수는 없지만, 믿었던 친구가 토벌대 앞잡이 노릇을 하는 기막힌 모습을 그려보고는 경고 신호를 보낸 것만 같았다.

22절

    부정태의 지루한 입원생활이 두 달을 넘기면서 겨울철 추위도 한풀 꺾여갈 무렵에 그의 친구 최기팔이 문병을 왔다. 부정태하고는 허만호처럼 소학교와 농업중학교 동창인데 현재 초등학교 교사직에 있으면서 제주읍내 서사라 일대에서 농사짓기까지 하고있는 부지런한 친구였다. 문병 올 때마다 자기네 농장에서 나는 과일 같은 것을 들고 와서 병실 분위기에 화기가 돌게 하는 자상한 친구이기도 했다. 요즘 같은 험악한 난리통에서도 큰탈 없이 자기 생업에 전념할 수 있는 사람은 별로 없을 것이라는 말을 올 때마다 인사처럼 건네는 그는 오늘도 잘 익힌 홍시감 꾸러미를 들고 왔다. 자기 집이 성내城內에 있기 때문에 다른 곳으로 소개 갈 필요가 없고, 토벌대하고 충돌할 일도 없는데다, 작년부터는 학교 직장이 휴업중이어서 노는 날도 많으니, 자기처럼 팔자 늘어진 사람은 없을 것이라는 말까지 내뱉고는 했다. 어릴적부터 항상 기운이 넘쳐나는 그는 최기팔이라는 그의 이름 덕분에 최상의 기운이 팔팔한 것이라는 작명풀이의 주인공이었다. 또한, 장성한 다음에도 학창시절 친구들의 신상에 관한 소식을 자상하게 잘 알고 잘 전해주는 등 사람좋기로 알려진 호인이기도 했다. 늘상 하는 안부 인삿말들이 나온 다음에 최기팔이 들려주는 옛날 친구의 소식이 부정태의 관심을 확 끌어모았다.

　—자네 요즘 허만호 소식 들어봤나?

　—병원에 꼭- 갇혀있는 사람에게 그런 걸 물으면 어떵 허는고? 허만호가 어떻게 됐다는 건가?

　—일본 갔다는 말을 들었는디, 뜬소문은 아닐 거여.

　—그런가? 그 친구, 그동안은 어디서 뭐 했다는 거지?

　—한때는 유격대 사령관 부관 헌덴 말도 이섰는디, 산사람들 일이라서 확실한 건 알 도리가 없지.

　—일본으로 밀항해서 갔다면, 그 친구 사상이 바뀌었단 건가?

　—그럴 수도 있주. 허만호는 원래 사상적으로 좀 애매헌 디가 이섰잖은가. 일본 밀항을 해시민 잘헌 거주게. 그 친군 영어 실력이 좋난 일본에서도 잘 풀릴 거여. 일본사람들은 영어를 잘 못 헌덴 허니까.

　—요즘도 일본 밀항자가 있는가?

　—한동안 일본 밀항자가 많았는디, 이젠 나갈 사람들 다 나갔

다고 봐야주. 옛날에도 일본 밀항은 아무나 가지 못했주게. 뱃삯 헐 돈이 있어야 되고, 비밀리에 나가는 배편도 알아야되고, 하여 간 일본 밀항은 어려운 일이었주게.

─일본으로 도피한 사람들은 어떤 마음이었을지, 궁금하단 말이야. 남은 사람들은 계속 고생인데, 자기네만 피해버리는 심정은 좀 씁쓸하겠지.

─좀 씁쓸 정도가 아닐 거여. 경허주만은, 난 그 사람들 눈 딱 감고 일본으로 가버린 거 잘했다고 보주. 허만호가 일본으로 간 건 개인적으로도 잘헌 일이고, 제주도 전체로 보더라도 잘된 일이라고 보주. 빨치산 지도자들이 일본으로 가불민 이 난리가 끝장 나는 것도 빨라질 거 아니냔 거여. 처음부터 되지도 않을 일을 괜히 벌여가지고 죄없는 사람들 생고생만 시킨 거여. 허만호가 일본 밀항을 했다면, 그건 제주도 남로당 기세가 다 꺾인 걸 알아본 결단이난, 백 번 잘헌 거주게. 이 사름은, 두어 해 나갔단 정신이 이제야 돌아온 거 같아.

최기팔의 말을 들어본 부정태는, 이 친구가 이젠 다시 허만호 팬이 되었나 싶어 좀 놀라는 마음이 되었다. 최기팔은 허만호가 자기와 같은 소학교와 중학교를 다녔으면서도 전국의 명문 배재 학당에 들어가 '영어 도사'가 되어 제주도청 통역관으로 돌아왔 을 때 '개천에서 용 난 격'이라고 부러워했었다. 그러던 허만호가 뜻밖에도 '이 시대의 산적'인 빨치산에 들어갔을 때에는 '다 된

밥에 재를 뿌린 격'이라고 안타까운 심정을 토로했던 것이다. 허만호의 일본행 결단은, 어릴적 친구에 대한 최기팔의 존경과 믿음을 다시 회복할 기회가 되는 상 싶었다. 부정태는 최기팔에게서 허만호에 대하여 어떤 발언이 더 나올지 기다리고 있었지만, 이어지는 화제는 약간 빗나가고 있었다.

　─내가 가만히 생각해 봤는디, 자네가 폭도들에게 테러를 당했을 때만 해도 걔네들은 토벌대하고 싸울 힘이 남아있다고 본 거여. 그때는 초토화작전이 아직 초기 단계여서 토벌대가 얼마나 강경하게 나올지를 몰랐던 모양이라. 그랬는디 초토화작전 초강경 방침이 나오니까 안 되겠거든. 그렇게 되고 나서야 자신들이 착각하고 있다는 걸 깨달은 거 같애. 허만호가 일본으로 튀어버린 것도 그런 생각을 했다는 거지. 공산주의니 뭐니 혁명의 환상이 현실을 보는 눈을 가렸었구나, 이제야 주제파악을 하게 된 거지. 강경 작전 때문에 억울하게 죽은 사람들 많이 나온 건 슬픈 일이지만, 잔혹한 전쟁을 일찍 끝내준 건 잘된 일인 거 같애. 난 국가가 존재하는 첫째 목적이 전쟁을 없애고 평화를 지키는 거라고 봐.

　─그건 그렇게 쉬운 문제가 아니여. 세상에 전쟁 좋아할 사람이야 없겠지만, 평화를 택한다 해도 어떤 식의 평화를 택하느냐, 이것이 어려운 문제란 말이지. 아무렴, 전쟁이 빨리 끝나야 될 건디, 가만히 있어도 죄 짓는 것만 같으니 조마조마해서 어디 살

겠나.

—부정태는 가해자가 아니고 피해잔데 왜 죄의식을 갖지? 그
래도 총 맞고도 죽지 않고 살아났으니 다행이지.

—토벌대 신참 장교가 총 맞고 쓰러졌다, 난 이것도 하늘로부
터 무슨 계시가 떨어진 거 같애. 나도 죄의식 가질 만 하지. 지난
겨울에 초토화작전이 어땠는지 자네도 알잖은가.

—자네야 모범 장교 아닌가. 자네에게 총을 쏜 것이 누군지 모
르지만, 그건 그냥 경고사격일 거여. 남로당 열성 당원이든가 토
벌대에게 원한 품은 어떤 놈의 짓이겠지. 걔네들이 공비토벌 모
범장교 미워하는 건 당연하지. 제주도 물 먹고 자란 놈이 치사한
출세욕으로 눈이 멀었다, 제주섬 사람들은 모두 피눈물 흘리는
데 자기 혼자 숨어서 웃고있지 않으냐, 이렇게 경고하는 총알이
었을 거여. 어때, 내 말이 그럴듯하지 않아?

—그럴듯하면 뭐 하는고, 맞대하고 따질 일도 아니고. 그건 그
렇고, 허만호 이야기나 들려주게. 허만호가 일본으로 갔다는데,
그렇게 혼자 훌쩍 가버려도 괜찮은 건가? 그 친구 아직 결혼은
안 한 거지?

—그 얘긴 좀 복잡한 디가 있주. 그 친군 결혼한 것도 아니고
안 한 것도 아니여.

—요즘 같은 난세에 그런 사람이 어디 한둘인가. 세상이 그렇
게 만들어 버린거지뭐.

―정식으로 결혼하지는 않고 연애 중인 여자가 있었던 모양이라. 허만호가 사라진 다음에 딸이 태어났는디, 애 엄마가 며칠 만에 죽어버리는 아주 불행한 상황이 되어버린 거지.

―산후 조리를 잘못 했다는 건가?

―그런 내력까진 나도 알아보지 못했고, 이 정도 알게 된 것도 그 허만호 애인네 집 동네에 우리 친척이 살고 있어서 대충 듣게 된 거지.

―그럼, 허만호가 자기 딸이 태어나기 전에 일본으로 가버렸다면 애 엄마가 죽은 것도 몰랐단 말이네?

―그럴 가능성이 많지. 일본 간 다음에도 연락이 전혀 없으니 그 친구 자신의 생사여부도 아직은 잘 모르는 형편이라.

―답답헌 일이로고. 일본으로 일찍 가버렸으면 여기 난리가 거의 진정되고 있다는 것도 모르고 있을 거 아닌가. 이 친구가 비밀리에 연애헌 거 아는 사람들도 많지는 않으실 건디.

―그런 비밀 연애가 진행 중일 땐 잘 몰랐당 나중에 결과를 보고서야 짐작헐 테주. 이 친군 빨치산 운동 허는 가운데서도 애인 만나러 은밀하게 아랫마을 출입을 했던 모양이라.

―그 친구 애인네 마을은 어딘디?

―서사라 윗마을 하지리니까, 민오름에 빨치산 아지트 이실 땐 밀회 허기 좋게 가까운 거리였주게.

―그럼, 그 딸애기는 어떻게 됐는고.

－내가 알기론 그 애기 외할머니 되는 아주망(아줌마)이 키우고 있지. 어떵 허는고. 어멍 대신 돌봐줄 사람이 어신 걸.

－불쌍헌 인생이 또 하나 출발했다는 거구나. 우리 언제 한번 그 불쌍헌 애기 보러가민 안되카.

－시국이나 조용해진 다음에 가는 게 좋을 거여.

－그건 그렇고, 내가 얼마 없어 퇴원 헐 건디, 퇴원허민 우리 둘이가 강싱국 선생 댁을 흔번 찾아보도록 하자. 오래만에 말이지.

－자넨 지금 무슨 소리 허는가. 그럼, 자넨 강 선생님 돌아가신 거 아직도 모르고 있었나.

－뭐, 강 선생님이 돌아가셨다고? 거, 어떻게 된 말인고.

－벌써 두 달 전 일이여. 강성국 선생이 고문치사로 돌아가신 걸 모르고 있었구나.

－병원에만 박혀있으니 모를 수밖에.

강성국 선생이 경찰서에서 고문치사로 돌아가셨다는 소식은 정말 천만뜻밖의 일이었고, 그만큼 부정태의 격분을 자아내는 사건이었다. 남로당 협력이라는 혐의였다고 하니, 아무리 생각해도 납득이 가지 않는 어거지 죄목이었다. 최기팔에게서 그 사건의 전말을 들어보건대, 강성국 선생의 남로당 관련 혐의가 전혀 근거없는 것은 아니라고 했다. 남로당의 고위층 인물들이 강 선생 댁을 비밀리에 방문했다는 혐의에는 허만호 그 친구의 몇 차례 방문도 끼어있을 것 같았지만 그게 무슨 남로당 협력이란 말인가. 그 외에도, 해방 직후 무정부적인 혼란 시국에 한동안 인민위원회 부위원장 자리에 있었다는 것과, 남로당 핵심인물인 모씨와 가까운 인척관계라는 것, 그리고 심문이 진행되는 동안 진술한 내용들 중에 앞뒤가 서로 어긋나는 말들이 나온 것이 거짓진술의 증거라는 등 정말 시답잖은 트집잡기처럼 보였다. 아무리 생각해도 어거지 죄목들인 것이, 그동안 부정태하고 나누었던 담화의 내용을 생각해 볼 때에, 강성국 선생이 남로당과 협력관계라거나, 남로당을 지지했을 거라는 판단은 어이없는 뒤집어 씌우기임에 틀림없었다. 그 선생님으로 말하면, 제주도의 이 난리가 잘난 아들이 못난 애비에게 덤비며 의절하자는 꼴이라는 비유까지 할 정도로 남로당 반란을 꼬집지 않았는가.

강성국 선생의 고문치사 사건은 대한민국 정부에 대한 부정태의 힘겨운 충성 노력에 또 한 방의 강타를 날린 꼴이었다. 제주 사람 국군장교로서 가까스로 지켜오던 위국충절의 신념에 금이 가기 시작한 것은 그의 부재중에 벌어졌다는 군경토벌대의 초강경 초토화작전이었는데 오늘 그가 믿고 따르던 은사의 어이없는 고문치사 소식도 그 나름으로 지켜오던 반공노선의 철권정치에 대한 믿음을 뒤흔드는 충격적인 사건이었다. 존경하는 은사의 사망 소식은 허만호가 먼 나라로 사라져 간 소식과는 전혀 다른 것이었지만, 뜻밖의 결별 사건이라는 점에서는 다 같이 부정태의 심중에 심대한 충격으로 다가왔다. 이들 두 사람은 오랫동안 그의 흔들리는 삶의 좌표를 가늠하는 기준이 되어왔고, 공간적으로는 떨어져 있으면서도 마음상으로는 가까운 동반자라는 생각으로 살아왔던 것이다. 부정태는 당혹스러운 표정을 감추지 못한 채로 병실 문 저쪽으로 사라지는 최기팔에게도 고맙다는 인사말이 제대로 나오지 못하였다.

23절

지루한 입원생활 끝에 퇴원 날짜를 사흘 앞두고 있던 부정태는 전혀 뜻밖의 인물로부터 문안 방문을 받았다. 부정태와는 육사 동기 졸업생인 강창규 소위가 찾아온 것이다. 6개월 간의 육사 재학기간 중에 별로 가깝게 지낸 사이도 아니어서 가물가물 잊혀져 가던 사람이었다. 부정태 쪽에서는 겨우 기억을 되살린 옛날 동지였지만, 강 소위 쪽에서는 제주도 출신인 부정태를 잊지 않았다는 고백이 오랜만에 만난 두 사람의 말꼬를 틔워준 셈이다.

　─제주도 발령 받고 내려오는 즉시 부 소위 찾아보려고 마음 먹었네. 제주도에 온 지가 오늘로 1주일인데 더 일찍 와보지 못해서 미안하다.

　─미안하다니, 별 말씀이네. 사흘 후면 내가 퇴원하는데, 이렇

게 찾아와 주어서 고맙지 뭐. 강 소위 얼굴 보니까 옛날 기억이
나네.

―옛날에 제주도 섬 출신이라고 자네를 놀려줄 때 내가 제일
극성스러웠잖은가. 그때 우리가 하도 짓궂게 굴어서 자네가 외
톨이 되지 않았나, 그런 생각까지 들었다네.

―그랬던가. 난 육지사람들이 나한테 관심 가져주는 것이 기
분 좋았는데. 섬나라 촌구석에서 왔다고 못 본 척하지 않고 말이
지.

―허긴 뭐, 우리도 그때 제주사람 만나서 반갑다는 뜻으로 말
을 걸어본 거니까, 촌구석 제주도 사람이라고 얕본 건 아니라네.
이건 여담인데, 내가 제주도 발령 받고서 만나본 사람이 우리 이
웃집에 사는 한국사 전공 대학교수였어. 평소에 가족처럼 친하
게 지내는 사람이었는데, 내가 제주도 반란 평정하러 간다고 말
했더니, 제주도 사람들 조심하라고 당부하더구만. 꽁 막힌 촌구
석 사람들이라고 보면 안된다고 말이지. 제주도 역사엔 유별나
게 민란이 많았는데 그건 아마도 억울한 누명을 쓰고 제주도에
서 귀양살이한 걸출한 인물들 하소연이 이 지역 사람들에게 먹
혀 들어간 탓이 클 거라고 하두만. 작은 지방이라서 그럴만한 저
력이 없을 것 같은데 제주도 사람들은 자존심과 오기가 유별나
다는 얘기였어. 이 같은 말에 대해서 부 소위 생각은 어떤고.

―제주사람이 제주사람을 평가하는 건 불공정할 거 아닌가.

자기 얼굴 특징을 자기가 모르는 거처럼 말이지. 강창규 소위가 제주도에 있는 동안 관찰할 테마가 바로 그런 거 아닌가.

─나도 그런 생각을 하고 있다네. 나에게 부정태라는 친구가 있었다는 것이 참 묘한 인연이란 생각이 들어. 제주도에 발령 받는 순간 자네 생각이 번쩍 떠오르면서 내가 제주도 발령 받은 것이 반갑더라니까.

─제주도로 발령 받으면, 전쟁판 사지로 들어가는 걸로 안다는데, 부정태 고향이라고 반가웠다니 고마운 일이네.

─군인이 전쟁을 피하려고 한다면, 그 나라 운이 다한 거지.

─허긴, 군인이 능력발휘 하려면 전쟁이 나야겠지. 근데, 제주도에 전쟁은 이제 다 끝난 거 같으니, 자네 능력발휘는 어떻게 한다지?

─내가 능력발휘하는 건 분야가 좀 다르지. 난 제주도 주둔 2연대 정보장교로 온 거니까, 전쟁판이 끝나도 능력발휘 기회는 끝나지 않는다네.

─그리고 보니까, 자넨 육사 졸업 후 전방 소대장으로 가지 않고 국방경비대사령부로 발령받은 유일한 케이스였잖은가. 그때 강창규 생도는 수석졸업자 특별 배속이라고 해서 부러움을 샀었지.

─내가 졸업과 동시에 경비대 사령부에 배속 받았고, 정부수립 후에는 육군본부에 특별배속 받은 건 수석졸업자이기 때문이

아니라 영어가 좀 된다고 해서 그리 된 거였네. 본부 정보계통에 있으면서 세계정세를 탐지하려면, 영어가 되는 사람들이 있어야 된다고 말이지. 덕분에 난 병영에서 막사 생활은 못해 봤고, 여기 제주도에 와서 막사 생활 처음 해보는 거라.

—그럼, 강 소위는 그동안 군대생활을 한 게 아니라, 공무원들 출퇴근 생활을 했던 거네.

—그런 셈이지뭐. 총알 날아드는 전장은 멀리 두고 공무원 출퇴근 하듯이 편한 생활을 한 거 같애서 미안하기도 했지.

사관학교 동기생이라고 해서 문안 인사 와준 것은 고마운 일이지만, 부정태는 이 친구와 동석한 자리에서 나올 만한 적당한 얘깃거리가 별로 떠오르지 않았다. 자신의 수술 후 경과와 피격사건의 수상쩍은 면에 대해 의례적인 인사말들이 오가고 나서는 화제가 끊기는가 싶었다. 육사생도 시절에 있었던 사건들을 상기해봤지만 지금 이 자리에 불러오고 싶은 그윽한 추억거리가 있는 것도 아니었다. 그동안 국방부 공무원처럼 규칙적인 출퇴근 생활을 해왔다는 강 소위와 전방 소대장으로 예측불허의 긴장된 하루하루를 살아온 부정태 두 사람 사이에는 공통된 관심사가 있어보이지도 않았다. 부정태로서는 육사 입교 이전에 제주도 밖으로 나가본 적이 없는 사람이니 두 사람에게 공통된 다른 과거사도 없는 처지였다. 흥미있는 화제가 떠오르지 않고 말문이 쉽게 열리지 않는 것은 육지사람들에 대한 자신의 경계심 때문이 아닌가 하는 생각도 들었다. 마음을 가볍게 비우고 추슬러보려는 부정태에게 문득 한 가지 생각이 떠올랐다. 강창규는 정보장교라고 했으니까 물어볼 말이 얼마든지 많이 있을 것이 아닌가. 멀리 서울 하늘을 향해 따지고 싶고 알아보고 싶은 것들이 얼마나 많았던가. 이왕이면 물어보고 싶은 질문 중에서 가장 크고 어려운 것을 꺼내기로 하였다.

─강창규 소위가 대한민국 육군본부의 정보통이었다고 하니까, 이런 질문을 한다는 걸 알아주게나. 내가 존경하는 어떤 사관학교 선배에게서 들은 얘긴데, 지금 북한사회에서 반정부 폭동이 없는 이유는 김일성이 정치를 잘해서가 아니라, 원래 북한 정권이 출발할 때부터 반정부 운동할 만한 불평분자들, 그러니까 지주들이나 친일경력자, 기독교 신자, 이런 사람들이 모조리 뛰쳐나간 결과로 김일성 정권에 충성하는 국민들만으로 이루어진 나라이기 때문이라는 거여. 이런 탈북자들이 수백만이나 된다는 건데 거꾸로 남한의 이승만 정권에 반대해서 월북한 사람들은 탈북자들의 10분의 1도 안될 거라는 말이었네. 결론적으로 남한의 국가체제가 북한에 비해서 훨씬 우월하다는 얘기이고, 우리 남한 땅은 공산주의 세상이 될까 걱정할 필요가 없다는 말인데, 그런 가운데도 우리 대한민국 정부는 공산주의자들이 뭐가 무섭다고 빨치산 궤멸작전에 안달을 하느냐, 난 이것을 물어보고 싶단 말이라. 남한에 있는 공산주의자들이라고는 빨치산이

라 불리는, 기껏해야 수천 명 정도란 말이지. 빨갱이섬이라고 불리는 우리 제주도의 경우에도 빨치산은 기껏해야 수백 명밖에 안되었단 말이지. 강 소위도 알고 있는 사실이겠지만, 지난 겨울에 제주도 군경토벌대는 초토화작전이라고 하는 잔혹하기 짝이 없는 좌파전멸 작전을 폈다는 건데, 그 중에는 좌파라고 부를 만한 건덕지도 없는 무고한 백성들, 일자무식한 촌부들까지 떼죽음으로 몰아갔는데, 난 그 까닭을 물어보고 싶단 말이지.

─그건 그렇게 간단한 문제가 아니네. 자네 말로는 해방 후 남한에서 월북한 사람들은 북한에서 월남한 사람들에 비하여 극히 소수에 불과한 사실을 두고 남한의 국가체제가 우월하다는 증거라고 하지만, 겉으로 보이는 사실의 이면을 들여다 볼 필요가 있어. 월남자들과 월북자들의 정체를 들여다봐야 한다는 거여. 북한 김일성 체제를 버리고 뛰쳐나온 월남자들은 북한 체제 하에서는 살 수 없어서 쫓겨나야 할 사람들이란 말이지. 지주나 기독교 신자나 친일경력자들은 북한에서는 안심하고 살 수 없는 사람들 아닌가. 반면에 남한체제를 거부하고 월북한 사람들은 남한에서 쫓겨난 사람들이 아니고, 자진해서 북한체제를 선택한 사람들인 거여. 다수의 정치지도자들과 뛰어난 문학예술인들이 월북한 사실은 공공연한 비밀 아닌가. 홍명희나 임화 같은 유명 인사, 자네도 잘 알 거여. 내가 정보계통에서 근무했기 때문에 아는 사실인데, 북한에 강동정치학원이란 곳의 정체를 알고보

면, 정신이 번쩍 들거야. 이곳은 남한에 파견할 게릴라들을 훈련하는 곳인데, 작년 하반기에는 무려 1천3백 명이 입소할 만큼 대규모였고, 이들은 거의 모두가 남한에서 자진 월북한 청년들이라는 거야. 빨치산 양성소는 여기 말고도 두어 군데 더 있는 것으로 확인되었어. 이들은 목숨을 내걸고 인민혁명 전선에 나서겠다는 남한 청년들인데, 이 사람들하고 북한 땅에 살 수 없어서 쫓겨나다시피 도피한 월남자들하고 동격일 수는 없지. 일당백이될 수도 있다는 얘기야. 빨치산 지망자들만이 아니라, 자진해서월북한 다수의 역량있는 문학예술인들과 정치인들까지 계산에넣으면, 체제경쟁에서 남한이 북한보다 더 우월하다는 말은 나올 수 없어. 중요한 건, 다수의 국민대중이 어떤 성향이냐 하는것은 믿을 수가 없다는 거라. 소수의 선구적인 지도층이 유도하기에 따라서 단기간에 바뀔 수 있는 것이 대중심리야. 중국을 보라고. 모택동의 공산당이 장개석의 국민당을 이기고 중국천하를장악하고 있어. 장개석 군대는 모택동 군대보다 병력 규모가 훨씬 더 컸는데다가 무기와 장비도 더 좋았고, 정규 군사훈련까지제대로 받았는데도 모택동의 교묘한 책략과 게릴라 작전 앞에무릎을 꿇었단 말이지. 『중국현대사』 책에 나온 말이 그럴듯했어. 중국에서 모택동이 장개석을 이긴 건, 유교경전 탐독자가 삼국지 탐독자를 당하지 못한 것이니, 이상할 게 없다고 쓰여있었다고. 중국만이 아니라, 베트남도 공산당 정권이라고 하고, 동구권 나라들도 대부분이 공산당이 휩쓸고 있다는 거여. 세계의 신생국가들에게 공산주의가 대세라고 하면, 대한민국도 언제 어떻게 후딱 뒤집힐지 모른다는 거지. 국내정세가 안정된 선진국가들은 공산당이 넘보지 못하지만 아직 국가체제가 불안정한 신생국가들은 공산당이 득세한다는 거여. 공산주의는 달콤하지만 건강을 망치는 마약 같은 것인데 이런 마약에 한번 빠지면 인생 망친 다음에 후회해 봐야 소용없을 거 아닌가. 한국도 중국처럼 공산당 마수에 헤까닥 넘어갈 가능성이 있다고 할 때, 좀 무리를 해서라도 남한 빨치산을 무찔러야 되는 건데, 빨치산 진압작전이 너무 강경했다는 말이 어떻게 나오냐 말이지.

　―중국이나 동구권 정세는 내가 잘 몰랐고, 난 이 나라가 그렇게 위태로운 지경에 있다고는 생각하지 못했지. 강동정치학원 출신 빨치산이 제주도에 들어왔다는 말도 들은 적이 없고 말이지. 현재 전세계적으로 공산주의 세력권이 팽창일로에 있지만, 우리 한국에서만은 이승만 대통령의 강력한 지도력 덕분에 공산주의가 들어오지 못하고 있다는 정도로 알고 있었지.

　―세계적으로 공산권 세력이 물밀 듯이 팽창하고 있는데, 반공 멸공의 준비태세를 허술하게 할 수는 없을 거 아닌가. 이승만 정권에서 빨치산 궤멸작전을 그렇게 강경하게 밀어붙이는 건, 국가존립을 위해서 어쩔 수가 없다는 말이 되는 거지.

　―그런 말이 무슨 뜻인지는 나도 이해가 되지만, 그러면서도

분통 터질 일이 뭐냐면, 어째서 우리 제주도 빨치산에 대해서는 특별하게 초강경 진압작전을 쓰느냐하는 거여. 지금 말을 들어보니까, 육지부 빨치산의 전투력을 강화해 준 건 그 강동정치학원 출신들이지만, 우리 제주도 빨치산은 그런 고도의 전투력을 외부로부터 공급받는 것이 없는 순수 토종 인력이니까 그 파괴력도 크지 않았을 건데, 왜 그렇게 잔혹한 토벌작전을 벌였느냐 말이지.

─제주도의 빨치산 궤멸작전이 잔혹하다는 건 무고한 마을 사람들을 많이 죽였다는 건데, 그 점은 또 그것대로의 인과관계가 있다는 거여. 제주도의 군경토벌대가 빨치산 궤멸작전의 강도를 한껏 높여서 초토화작전이라는 가혹한 방법을 쓰게 된 건, 육지부와는 차원이 다른 빨치산 거점의 성격 때문이여. 육지부의 경우에는 빨치산 활동에 대한 마을주민들의 호의적인 협력이 별로 없었던 관계로, 거의 약탈 수준의 강압적인 '보급투쟁' 방식으로 물자를 조달하였지만, 제주도의 경우에는, 빨치산과 지역주민의 관계가 물고기와 물의 관계처럼 긴밀했다는 거여. 물고기를 죽이려면 물을 말려야 한다는 논리란 말이지. 제주도에 내려와서 그동안의 사정 얘기를 들어보니까, 이 고장 특유의 민심이 이해가 됐어. 제주도 사람들은 오랜 역사를 통해서 두터운 혈연과 지연으로 맺어진 유대관계가 있어가지고 빨치산이 지역주민들로부터 먹을 것과 입을 것을 조달해 갈 때, 강제로 뺏어갈 필요

가 없었다고 하데. 부락민이 빨치산 도와주기를 꺼려했다면 그건 나중에 토벌대에게 보복당할 것을 두려워했기 때문이고 말이지. 지역주민들에게 빨치산 운동가들은 반란자나 폭도가 아니라 정의로운 민주항쟁가요 열혈 혁명가요 생사고락을 같이하는 동지였다 이거지. 제주섬에서는 지역주민들 절대다수가 5·10총선거 날에 투표장 갈 생각은 않고 야산으로 올라가 노숙자 캠프를 차렸다는 것도 주민들과 빨치산의 유대가 공고했기 때문이지. 그 해 8월 달에는 남로당 청년당원들이 내미는 정체불명의 비밀 지하선거 투표지가 무슨 뜻인지 알아보지도 않고 서명했다고 하데. 이럴 정도로까지 지역주민들의 신임을 얻은 빨치산을 육지부에서는 찾아볼 수 없었다는 거여. 그러니까, 제주도의 경우에 빨치산 궤멸작전에서 부락민들까지 대상으로 한 것은 마치 군대에서 단체기합 주는 것과 아주 닮은 꼴이 되어버린 거여.

ㅡ제주도에서는, 지역주민들이 빨치산 도와주는 것이 대규모 양민학살의 배경이었다는 말인데, 그래봐야 이 작은 섬에 몇 명 안되는 빨치산 규모로 봐서 이 나라가 전복될 위험성은 없을 거 아닌가. 군경토벌대가 초강경 진압작전을 써야할 만큼 제주도 빨치산이 그렇게 악랄한 반란군처럼 보였는가 말이지. 정부로부터 특별히 미움 받을 이유라도 있었는가 말이지.

ㅡ있었지. 이건 자네도 잘 알고있는 얘기겠지만, 제주도 사람들이 우리 이승만 대통령을 노발대발 화내게 만든 일이 몇 가

지 있었잖은가. 제주도 남로당에서 주민들을 위협해가지고 작년 5·10총선거에 투표하지 못하게 함으로써 유사이래 최초의 민주국가 건립을 방해한 거라든가, 제주도 남로당 대표가 해주 인민대표자대회 석상에서 김일성 정부의 출범을 박수치고 응원해주었다든가, 이런 사건들은 제주도가 신생국 대한민국의 창창한 앞길을 가로막는 걸림돌이라는 뼈아픈 인식을 심어주었단 말이지. 요 조그만 섬 하나 때문에 이승만 정부의 희망찬 건국계획이 곤욕을 치르고 국제정치 무대에서 냉대 받고 괄시 받는 걸 생각하면 지난 겨울 초토화작전 같은 강경책이 나오지 않겠냐는 거여.

─이승만정부의 그런 애로사항이 왜 제주도 주민들에게는 공감을 일으키지 못했는지 이것을 알아봐야 할 거 아닌가.

─이건 또 다른 얘긴데, 자넨 알지 못할 거 같아서 들려주어야겠네. 제주도의 빨치산운동이 어떤 성격, 어떤 위험성이 있었는지 제주도 주민들도 잘 모르는 거 같단 말이지. 육지부 빨치산은 강동정치학원에서처럼 북한정부가 실시하는 사상교육과 게릴라 훈련을 거친 사람들이 다수였고, 그 중에는 소련의 국제공산주의 운동을 거쳐온 사람들도 있었지만, 제주지역에선 그런 사람이 없었지. 제주도 빨치산의 경우에는 일본에서 공산주의 사상에 물든 사람들이 여럿이 있었지만, 이 사람들의 정신무장 태세는 공산주의 사상보다는 미군정과 폭력경찰에 대한 저항의식에

서 출발했다는 거지. 그러니까 육지부에서는 정치이념적인 혁명의식이 앞섰다면, 제주도에서는 통치권력에 대한 반감과 저항의식이 앞섰다는 거지. 제주지역 국군부대의 보고사항 중에는 정말 희한한 것들이 있었네. 제주도민들이 육지사람들에 대해 얼마나 한이 맺혔는지, 현지 주둔 군대가 소비할 음식물 보급을 거부하기도 하고, 군부대 병사兵舍건물 신축이나 수리 공사도 거부하는 바람에 애먹었다는 거여. 이전에 육지 출신 폭력경찰에 대해 쌓였던 원한이 국군부대의 대민관계까지 망쳐놓았던 거라. 육지부의 빨치산 지도자들은, 억울한 감정이나 사적인 인정사정 때문에 혁명운동 그르치는 일이 없도록 경계했다고 해. 그들은 북한 땅에서 고도의 게릴라 훈련을 받은 청년들이거나, 이전 시대에 야산지대를 거점으로 게릴라활동 경력이 있는 연장자들이 많았어. 대구에서의 10월폭동과 여순반란사건 때 태백산맥과 지리산으로 숨어들어간 사람들도 한몫 했다는 건데, 이런 사람들에게는 몸소 겪은 투쟁경험으로 다져진 책략이 그들 전투력의 기초라는 거지. 제주도 빨치산의 경우에는 정치이념과 투쟁경력에서 나온 책략보다는 강자에 대한 약자의 분노, 젊은이들의 투쟁 열기가 그들 전투력의 기초였다는 거지. 제주도 빨치산은 순진한 시골사람 같지 않게 잔혹한 수법을 많이 썼다는 건데 이건 그들의 악에 받친 분풀이 복수심에서 나온 현상 아니겠어? 경찰을 돌멩이로 찍어서 죽여 놓고서는 그 시신을 돌담 위에 걸쳐놓을 정도니까, 사람 죽이는 방식도 잔인한데다가 죽인 사람 시신 가지고도 세상사람들 겁 주자는 거라. 육지부 빨치산들은 작전에서 이기는 것을 목적으로 해서 싸우는데, 제주도 빨치산은 원통한 사람 원수 갚는 것이 목적처럼 되었다는 거여. 제주도에서 공비토벌 작전이 끝났을 때, 토벌대는 작전에 승리했으면서도 빨치산에게 당한 분풀이 보복 때문에 속이 뒤집힌다고 했어.

　─이건 정말 어려운 질문이 되겠는데, 앞으로 대한민국 빨치산은 어떤 운명을 맞을 거 같은가. 우리 제주도는 한라산 공비토벌이 거의 끝나서 토벌대 주력부대가 육지부로 돌아갔다고 하니까, 육지부 지역이 문제겠지만.

　─육지부에는 지리산과 태백산맥 일대에 빨치산 부대 수천 명이 있다고 하지만, 큰 문제는 아니라고 봐. 지역주민들의 협력을 얻지 못하는 빨치산은, 물이 말라버린 연못에 물고기가 살지 못하는 격이여. 우리 정부가 한라산 빨치산을 박멸하기 위해 그렇게 공을 들인 건 그럴만한 이유가 있었던 거여. 앞으로 걱정을 말한다면, 남반부 빨치산을 도와주기 위해 김일성이 어떤 짓을 할지 알 수 없다는 거여. 작년 해주에서 열린 남조선인민대표자회의에서 제주 출신 김달삼이 제주도를 인민혁명 해방구로 만들었노라고 떠벌린 것을 두고 김일성이 무슨 헛바람이 들지 모르는 거지.

　─제주도가 빨갱이섬이라는 혐의에서 벗어나기만 하면 폭력

경찰이 물러간다니까 그게 제일 시원하네.

－그런 사정은 제주도만이 아니라, 한반도 전체에 해당되는 말이여. 좌파집단이 공산혁명의 꿈에서만 깨끗이 벗어나면 지긋지긋한 이 난리도 끝날 것이란 말이지. 지금과 같은 좌우파 간의 싸움 때문에 국력낭비가 엄청나다는 거 아닌가.

－솔직히 말해서, 난 그 점이 좀 의문스럽단 말이지. 세계적으로 대부분의 신생국가들이 공산국가로 나가고 있는데, 유독 우리나라만 반공과 멸공 정책을 고수하고 있으니, 이래도 되는가 불안하지 않겠나. 이승만 대통령의 공산주의 반대가 요지부동하다니까, 지금과 같은 반공 멸공 정책이 정말로 옳은 방향인지 알려면 얼마를 기다려야 한다는 건지, 강 소위 생각은 어떻고.

－미래의 역사를 예단할 수는 없지. 학자들처럼 탁상공론식으로 다투어 봐야 그런 말을 믿을 수는 없고, 이승만 대통령의 믿음이 맞는지 틀린지를 알려면 10년이고 100년이고 기다려야 될 거 같애. 미래의 세계역사가 어떤 방향으로 갈 것인지 그걸 알려면 오래 살아야 된다는 말이네. 아무려면 우리가 살아있는 동안에는 판명이 되지 않을까. 우리 그런 거 보기 위해서라도 오래오래 살자고.

두 사람의 열띤 담론은 시간 가는 줄 모르고 진행되고 있었다. 아마도 이 시간에 부정태의 아내가 병실로 들어오지 않았다면 이들의 대화가 더 계속될 수도 있었을 것이다. 강창규 소위는 눈치껏 자리를 뜨면서 악수를 청하였다.

　—자네가 이제 퇴원을 하면 현역 복무도 끝나는 거 아닌가. 우리가 다시 만날 때는 어디서 만나게 되지?

　—강 소위는 앞으로 어디로 배속될지 모르겠지만, 난 줄곧 제주도에 살 거니까, 우리가 만나는 장소는 제주도라야겠네. 우리 꼭 다시 만나서 한라산 같이 올라가 보자고. 난 공비토벌 말고 그냥 구경하기 위해 한라산 올라가는 날을 기다리고 있다네.

　—거 좋은 생각이네. 자 그 때까지 건강하게나.

　강 소위를 병실 밖으로 전송하고 들어온 부정태는 의자에 털썩 주저앉아 눈을 감고 생각에 잠겼다. 그의 마음은 겉보기처럼 경쾌할 수가 없었다. 강창규에게서 얻어들은 말들은, 부정태 자신이 세상 돌아가는 정세를 얼마나 모르고 있는지를 실감하게 만들었다. 강창규 소위가 말한 것들이 사실무근이라거나 거짓된 허풍이라고는 생각되지 않았다. 강창규는 국내외 정세를 가장 정확하고 신속하게 파악할 수 있는 정보계통 요직에 오랫동안 근무했다는 것이 아닌가. 목하 남한의 산악지대 곳곳에서 활동 중인 빨치산은 경우에 따라서는 중국 공산당의 빨치산처럼 이 나라의 운명을 뒤엎어버릴 수 있고, 남한 전체를 놓고 볼 때 대對국민 반란 파급력이 강한 제주도 빨치산이 우선적인 척결 대상이었다는 것이다. 제주섬 백성들에게 무수히 자행된 그 잔혹한 떼죽음은 모두 정당한 이유가 있었다니, 부정태는 이런 말들을 어떻게 받아들여야 할지 난감하였다. 강창규가 말한 사실들이 거짓이 아님을 알아듣기는 하면서도, 그의 마음속에는 아직 이런 사실들을 받아들일 자리가 없을 것 같았고, 앞으로 언젠가 이런 사실들이 그의 마음속 어딘가에 자리잡고 어떤 의미를 지니게 된다 해도 그것은 상당한 시간을 요할 것 같았다.

24절

부정태는 마침내 예비역 육군소위로 집에 머무르는 신세가 되었다. 손가락뼈 하나 다친 것 때문에 '현역복무 불가'라는 판정을 받았던 셋이다. 집총을 제대로 할 수 없다는 간단명료한 이유였다. 퇴역한 후로는 하루하루가 지루한 생활이었고, 병원에 있을 때보다도 더 무료하고 따분한 기분이 되었다. 넘쳐나는 자유시간 때문에 더 지루해지는 것이겠지만, 이에 대한 대책은 아직 서지 않은 셈이었다.

군대조직을 벗어나 민간인 신분이 된 부정태는 자신의 생애 중에 커다란 국면 전환을 맞이한 기분이 되었다. 가족들의 존재를 의식하게 된 것도 큰 변화였다. 집 안에 갇혀서 무료한 생활을 하는 가운데 새로이 얻게 된 즐거움은 두 살 짜리 아들하고의 친교와 소통이었다. 창식이라는 아들녀석 이름을 부르기가 어색하여 입속으로 여러 번 연습하기까지 하였다. 이제까지 포기해야 했던 가족 간의 인륜관계가 이런 것이구나 깨닫는 것이 작은 일은 아니었지만, 그렇다고 가족들에 대한 관심이 그의 허탈한 마음을 충족시킬 수는 없었다. 온갖 상상과 공상이 머릿속을 맴돌면서 출몰하는 가운데 요즘에는 자신의 기구한 운명에 대해 돌이켜보는 시간이 많아졌다. 재작년 말 농업중학교 졸업을 앞두고서 친구들 부추김을 듣고 제주도 남로당에 입당하려고 하다가 졸업반 담임 선생님의 권고를 받고 사관학교 입교 쪽으로 진로를 바꾼 것이 그의 운명의 갈림길이었음이 새삼스럽게 떠올랐다. 애초에 남로당에 가입하기로 결심했던 것은, 제주사람들의 순박한 삶을 무자비하게 파괴하는 미군정에 대한 분개심의 발로였지만, 국군장교 되는 것이 확실한 출세길이라는 학교 선생님의 말씀을 들어보니 그쪽이 그의 야망을 촉발했던 것이다. 나중에 남로당은 국기문란의 원흉이고 민족 패망의 길이라는 말을 들으면서 자신의 사관학교 선택을 정당화시켰음도 아직은 잊지 않고 있었다. 육군소위 계급장을 달고 토벌대 소대장으로 복무하게 된 것을 그에게 주어진 운명의 길이거니 여기고 받아들인 셈이었다. 제주 출신으로서 제주사람들과 정면으로 부딪쳐 싸워야하는 갈등 상황에서도 나름대로 잘 대처한 셈이고, 자신에게 맡겨진 직무에 보람과 자부심을 느낄 수 있었다. 세상의 판단 기준으로 볼 때는 어느 정도 인정을 받은 셈이지만, 자신의 내밀한 자존심과 양심에서는 어떤 판정을 내릴지 아직 아리송하였다.

집에서 무료한 시간을 보내고 있던 어느 날 오후 부정태는 최기팔의 방문을 받고 좀 놀라는 마음이 되었다. 날씨도 좋지않은데 서사라에서 아랫동네까지 먼 거리를 와주었다는 것이 고마웠다. 반가운 마음에 막걸리라도 함께 하자고 했더니, 지금 거나하게 취한 상태라고 사양하는 말이 나왔다.

─응, 나 지금 아주 취한 상태라서 그냥 좀 앉아 놀다 가겠네. 요 가까운 곳에 우리 친척이 사는디 오늘 그 집에 혼사가 있어서 왔던 김에 들렀주. 어제 도세기 잡는 날 왔고, 오늘 가문잔치 먹고, 내일은 혼례가 있고, 연 3일을 먹으러 오는 친척집 혼사라네.

─요즘 혼사는 무조건 좋은 소식이네. 어느 집에라도 혼사가 있다는 건 이 섬에 난리가 끝났다는 말 아닌가.

─맞아, 맞아. 난 어제께야 잔칫집에서 이덕구 사망 소식을 들었는디 이거야말로 난리가 끝났다는 확실한 징표 아닌가. 시원하네, 시원해. 근데, 이덕구 시신이 관덕정 앞에 전시되었다는디, 자넨 구경 안 갔었나? 딱 하루만 전시하고 끝났다고 하데.

─나도 구경 가봤지. 그런 전시 있다는 말을 듣고는 얼른 가봤는데, 한참 서서 보는 동안 기분이 참 묘했어.

─시신을 그림처럼 널판데기에 걸어놓았다는디 인상이 어떻든고.

─바짝 마른 야윈 얼굴에 표정은 좀 고통스러워 보였지만 그

래도 평온해 보였어. 난 그 사람 전시 보러 가면서 아주 분노에 찬 얼굴을 연상했었는데 의외로 평화로운 표정이어서 좀 놀랐어.

―소문에 듣기로는, 이덕구 가슴에 숟가락 하나가 꽂혀있었다는디, 그건 무슨 뜻이라?

―이덕구 자신이 그랬을 리는 없고, 경찰이 꽂아주었을 건디, 죽은 사람에겐 소용도 없는 숟가락을 꽂아주었으니, 좀 이색적인 장식이었지. 장식 치고는 좀 철학적인 것도 같고.

―글쎄, 그게 어떤 철학적인 뜻이냐고.

―그런 장식해 준 사람 마음은 알 수 없지만, 난 숟가락 꽂은 그 시신을 한참 바라보면서 이런 해석을 해봤지. *이덕구 당신, 모진 세상 만나서 수고 많았소. 이 세상에서 사람 하나의 몫은 숟가락 하나라는 걸 알았으면 당신의 공연한 헛수고도 없었을 거요. 이제 당신이 들어가는 저 세상에서는 사람 하나의 몫이 한줌 흙일 것이니, 당신은 이제 죽고나서야 평등한 세상, 평온한 영혼과 함께하게 되는 거요. 당신은 멀리 있는 다른 사람들 숟가락까지 걱정하다보니 살아서 고생하고 죽어서도 길바닥에서 이 고생이오. 인간역사의 비극은 결국 숟가락 싸움이지만, 당신의 한평생은 한 편의 장엄비극처럼 우리를 감동시켰소. 그 속에는 장엄함과 허무함이 공존하고 있소.*

―허, 그런 거창한 인생론이 나오다니, 국군장교 이름값 허겠

어라. 난 이덕구의 비참한 한평생이 가엾다는 생각만 했네. 이덕구가 막판에 고생한 건 정말 허지 않아도 될 고생, 사서 한 고생 아닌가? 그냥 항복해 버러시민 좋았을 걸 가지고 왜 그렇게 오래 끌어신지 모르겠단 말이지. 내가 듣기로도, 작년 말경에는, 판세가 기울어져서 무장대 운명이 간당간당했다는 거 아닌가. 제주도 빨치산 박멸을 위해 세운 제주지구전투사령부가 5월 달에 해체될 정도로 남로당 무장대 병력은 다 소진되어신디 그 비참한 두더지 생활을 계속한 이유가 뭔지 모르겠단 말이지. 이덕구가 잡혔을 때에는 정말 피골이 상접하고 아사 직전이었다고 하잖은가. 겨울 한철 산 속에서 고생하고 나서도 지금 6월이 되기까지 얼마나 고생했을 거냐고. 아, 사령관이 항복해부러시민 한라산에 남은 무장대원들도 모두 하산하고 살아나실 거 아닌가. 난 그 당시 이덕구 사령관을 얼마나 원망했는지 몰라. 무슨 고집불통 과대망상이냐, 자기 고생만이 아니라 자기 부하들이며 아무것도 모르는 제주도 백성들까지 생고생시키는 엉터리 사령관 아니냐, 이런 생각을 한 거여. 어때, 내말 틀렸나?

─그런 생각한 사람들 많을 거매. 나도 처음엔 이덕구 사령관을 많이 원망허고 미워하기까지 했어. 어차피 항복할 것을 가지고 왜 시일을 끌고, 다른 백성들까지 고생시키느냐고 말이지. 그런데 이덕구가 반 년 동안이나 아사 직전의 극한 상태에서도 토벌대와 싸우는 걸 보고서는 그 사람 심중이 어떤 것일지, 그 사

175

람 입장을 중심으로 생각해 본 거여. 이때 내 머리에 떠오른 것이 살아있는 역사란 거여. 이덕구는 그전부터 말했어. 우리가 싸움을 시작한 것은 토벌대를 이기려고 했던 것이 아니고, 우리 주장이 옳다는 것을 증명하기 위해서이다. 우리 모두, 한라산에 뼈를 묻자, 그렇게 함으로써, 우리의 소원은 인간답게 사는 것임을 보여주자. 이렇게 말이지. 그러니까, 이런 두 가지 역사를 놓고 비교해 보자는 거지. 인간다운 삶을 위해 목숨 걸고 투쟁하는 선열들의 역사가 우리 제주도에 있었다는 것과, 어떤 부당한 탄압을 받아도 비굴하게 참으며 사는 역사, 이렇게 두 가지를 놓고 비교해 보잔 말이지. 의로운 투쟁의 역사가 있었으면 그건 아주 없어지는 것이 아니라 여기 사는 후손들에게 언제까지나 살아있을 것이라는 얘기지. 어떤 어려운 행동에 들어갈 결심을 할 때 그 행동의 결과를 놓고 하는 것이 아니라, 그 행동 자체의 의미를 놓고 결심했던 사람들이 인간역사에 종종 있다는 생각이 들었어.

─자네가 이덕구 숭배자라는 걸 미처 몰라보았네.

─숭배자라고 하면 가까이하기 어려운 높은 자리에 있는 사람을 연상하는 건데, 이덕구는 흔히 보는 우리 제주도 사람들의 모습이랄까, 핍박받는 우리 제주도 백성들 가운데 한 사람 같애. 실지로 만나보진 못했지만, 천성이 그런지 말이 느리고 더듬거렸다고 해. 시력이 안 좋아서 돗수높은 안경을 썼고, 빨치산 혐의로 잡혀가서 고문 받느라고 귀가 멀어가지고는 자기 목소리까

지 짐승처럼 찢어지는 소리가 되어버렸다니, 얼마나 고난에 찬 인생이었을까 상상이 되지. 유격대 전임 사령관 김달삼이 세련된 달변에다가 귀공자 타입이었던 것과 대비될 거 같애.

─난 이덕구가 동에 번쩍 서에 번쩍 신출귀몰하는 기인으로만 알았는데, 그렇게 험난한 인생살이였나. 그런데 내가 듣기로는 이덕구가 경찰과의 교전에서 사망했다고 했는데, 이상한 건 그게 화북지서 몇 사람과의 교전이라고 했단 말이여. 아무리 이덕구 결사대 병력이 약해졌다고는 하지만, 그 무섭던 무장대 사령관하고의 마지막 전투에서 왜 제주경찰서가 출동하지 않고 일개 마을의 지서에서 출동했냐는 거지.

─난 신문지상에서 이덕구 사망 기사를 꼼꼼히 잘 봤지. 경찰서가 아니고 일개 지서에서 토벌작전에 나선 건 그럴 수 있는 일이라고 봐. 상황이 급박한데 경찰서를 거치다 보면 정보가 새어나갈 수도 있으니까. 그리고 화북지서 사람들이 이덕구 아지트에 대한 정보를 입수했을 적에 그 사람들은 그 좋은 기회를 놓치고 싶지 않았겠지. 훈장 타고 특진할 수 있는 절호의 찬스거든. 여기까지는 신문 발표를 믿어도 되는데, 의심 가는 부분이 있어. 이덕구가 경찰과의 교전에서 죽었다는 부분인데, 내가 보기에도 관덕정에 전시된 이덕구의 시신이 아주 깨끗했고, 총격 당한 것도 관자놀이께 한 군데라고 했단 말이지. 만약에 경찰과의 교전에서 사망했다면 한 군데만 총상을 입고 시신이 깨끗할 리가 없

잖은가. 급박한 교전에서 어떻게 총알 한 방만으로 끝장내기를 바라겠냐는 거지. 결론적으로 이덕구는 경찰과의 교전에서 죽은 것이 아니라 자살로 죽은 것이라는 얘기가 되는 거지.

—듣고 보니 그럴 것도 같네.

—내가 궁금하게 생각하는 건 남로당 무장대 사령관으로서의 이덕구 자신이 어떤 결심을 했을까 하는 건데, 이덕구가 제일 기피하려고 한 깃이 체포되는 신세가 아니었을까 하는 거여. 토벌대에게 생포되었을 때에 어떤 수모를 당할 것인가, 고문을 당하게 되면 온갖 모욕과 유혹이 따를 것이 아닌가, 이런 생각을 했을 거란 말이여. 자기 정신력이 헤까닥해져서 제발 살려만 달라고 사정하는 치사한 짓이 나오지는 않을까. 이 같이 치욕적인 행동의 가능성을 애초에 없애려면 자살하는 것이 최선의 선택이다, 이런 결심을 했을 것이다 하는 거지. 그러니까, 마지막까지 인간다운 삶을 저버리지 않겠다는 결연한 의지 같은 것이고, 제주도 입산무장대 사령관으로서 후손들에게 남기는 살아있는 역사가 되자, 이런 결심이 아니었을까 하는 거지.

—그럼 자네 이야기는 이덕구가 자살로 죽은 것인데, 화북지서 사람들은 자기네가 사살한 것으로 꾸몄을 거라는 말인가.

—바로 그런 거지. 화북지서 사람들의 공명심이 만든 각본이란 얘기지. 제주경찰 어느 지서에 속하는 아무개가 제주도 남로당 유격대 사령관 이덕구를 사살했다, 이런 역사기록이 영원히

남아있을 거란 얘기지.

　─이제 이덕구까지 사라졌으니 제주도 4·3사건은 다 끝난 셈이네. 시원하다, 시원해. 나도 이제 중산간 밭에까지 경작할 생각을 하니, 가슴이 뿌듯해.

　─어떤 사람은 참 좋겠네. 남의 속도 좀 알아주면 좋으련만.

　─미안, 미안. 전쟁 끝났다고 축가 부르지 못할 사람이 옆에 있는데 내가 못할 소리를 했네.

　─전쟁 뒷정리가 안 된 사람은 나 말고도 많고 많다니까. 그러고 보니까 허만호네가 생각나네.

　─그러게.

　─저번에도 말했지만, 우리 언제 한번 허만호네 딸을 보러가면 안될까.

　─허만호 딸을 그렇게 보고싶단 말이지. 그런데, 허만호의 친구라고 하면 그 집 어른네가 싫어할 거 아닌가? 자기 딸을 책임지지도 않고 튀어버린 불한당의 친구들이라고 말이지.

　─허만호를 불한당이라고 생각하는 어른들이라면 우리가 가서 그런 생각을 바꿔드려야지. 그러려면 금일봉이라도 들고 가는 게 어떤고. 친구네 애기 출생 축하금이라는 거 있잖은가.

　─자네의 그 심정이 알쏭달쏭하긴 하지만, 한번 같이 가보자고. 경 어려운 일도 아니니까.

　─그럼, 우리 지금 약속해 버리자고.

─좋아. 우리, 내일 오후 세 시에 만나는데, 어디서 만나냐면 말이지, 서사라 윗마을 하지리라면 찾아갈 수 있겠지? 우리, 하지리 몰ᄀ래(연자방아)에서 만나자고. 그 마을에 강 몰ᄀ래엔 허민 다 알아들을 거여. 거기서 만나서 조금만 더 걸어가면 되니까.

─자넨 어떻게 그 마을 지리를 잘 알지?

─난 농사꾼 아닌가. 그 일대에 우리 밭이 좀 있어서 서사라에서 민오름까진 많이 다녀봤거든. 그럼, 오늘은 이만 가겠네.

─어째, 접대가 빈약해서 미안하네.

─저기 잔칫집에서 가족들이 기다리고 있다니까.

최기팔을 대문 밖으로 보내고 들어오는 부정태는 앞으로 만나게 될 새 사람들을 그려보면서 가까운 미래에 닥칠 일들이 갑자기 궁금해졌다.

25절

　약속한 날 부정태는 한 시간이나 걸어서 약속 장소인 하지리 마을 물ㄹ래로 갔지만, 거기서도 한참을 더 기다려야 했다. 최기팔이 부득이한 일로 뒤늦게 도착했기 때문이다. 허만호 애인이 었던 김선영네 집은 물ㄹ래에서 가까운 거리였지만, 막상 그 집에 가본즉 집 안에 아무도 있지 않아서 발길을 돌려야 했다.

　－이거, 자네 헛걸음 너무 많이 시켜서 어떡 허나. 기다려 봐야 이 사람들 언제 들어올지도 모르고 말이지.

　－그냥 돌아갈 수야 있나. 여기서 기다려 보면 어떨까.

　－막연하게 기다리느니 여기 온 김에 저기 보이는 가삿기오름에 올라강 구경허민 어떤고. 거기서 기다리다가 다시 와보는 걸로 하자. 이 정도면 날씨도 좋고 말이지. 결정권은 자네에게 있네.

181

—좋지, 좋아. 그 오름에 올라가민 이 일대가 훤히 내려다보일 거 아닌가.

인근에 있는 가삿기오름은 별로 높은 곳이 아니어서 쉽게 올라갈 수 있었다. 오름에서 바다쪽으로 자리한 하지리 인가들이 시야에 가득 들어왔고, 저 멀리 있는 바다는 아득하게 보일락말락하였다. 최기팔은 시야에 들어오는 몇 군데 장소에 대해 대충 실명해주고 난 다음에 허만호의 애인었던 김선영네 집을 가리키며 말을 이어갔다. 오늘 그 집을 부득부득 방문해야겠다는 부정태의 심중을 헤아려서인지 얘기하는 중에도 그의 표정을 눈 여겨 바라보고는 했다.

—자, 저기 내가 가르키는 곳을 알아보겠는가. 마을 한가운데 큰 팽나무 고목 아래로 보이는 것이 물ㄱ래이고, 거기에서 이 오름 쪽으로 좀 올라오민, 좀 외진 곳에 따로 떨어져 있는 집이 우리가 아까 찾아간 집이란 말이지.

—그래, 그래. 지붕에 호박덩굴 올라간 것이 보이는 집 아닌가.

—맞아, 맞아. 그러니까, 저 집은 하지리 마을에서 남쪽 끄트머리이고, 이 가삿기오름과 한라산에 제일 가깝단 말이지. 저기 민오름과 한라산 방향으로 보이는 마을이 허만호의 출신 마을 상지리니까, 상지리허고 하지리는 남북으로 이웃마을이지. 가삿기오름이나 상지리 하지리 마을은 내가 어릴 때부터 많이 와본

곳이여. 우리 밭 하나가 이 근방에 있거든. 지난 겨울 이후엔 어 떵 허단 보난 세 번이나 이 오름에 올라와 져서고. 여기 올라왕 사방으로 넓은 조망을 바라보멍 인생무상을 반추했다는 거여. 그런 가운데 허만호의 러브스토리가 내 마음을 산란하게 만들었 지. 허만호가 김선영이를 좋아헌 건 어릴 때부터였던 모양이라. 허만호는 상지리인데 김선영이네 집은 하지리에서 제일 고지대 니까 마음만 먹으면 쉽게 만날 수 있었겠지. 그런데 이상한 건, 아무 소리소문 어시 은밀허게 진행되던 두 사람 관계가 열렬해 지고 아슬아슬 위험 수위를 높혀간 건 4·3사태가 격화되면서였 단 말이여.

─그걸 자네가 어떻게 알았다는 거지?

─내가 그 사람들 만나는 걸 직접 본 건 아니고, 그 동네 사는 나의 사촌 누나랑 몇 사람에게서 들은 얘기지. 이 오름 위에 앉 아서 내려다보니까 이곳의 지리적인 환경이 허만호 마음을 유혹 하기 좋게 생겼다고 보지 않아?

─그러니까, 김선영네 집이, 하지리 마을에서 제일 남쪽에 달 랑 떨어져 있는 것이 마치 허만호를 유혹하기 위해 마중 나온 것 같다, 이 말 아닌가.

─자네, 상상력과 표현력 모두 굉장하네. 그런 표현이 딱 들어 맞는다니까. 그렇지만, 아무리 지리적인 환경이 좋다한들 그것 을 이용하는 건 사람 마음이 작동해야 할 거 아닌가. 그저 친구

처럼 사이좋게 지낼 정도이던 남녀가 사람 목숨 왔다갔다 하는 난리통 속에서 열렬한 연애를 벌인다는 거, 난 이것이 이상했단 말이지. 언제 죽을지 모를 정도로 불안한 세상에서는 우선 살아남는 문제가 제일 중요할 텐데, 죽기 전에 연애 먼저 해야겠다는 충동은 얼마나 비현실적이냔 말이지. 난 허만호의 별난 성격과 이상한 행동을 설명하느라고 얼마나 고심했는지 몰라.

―고심한 결과가 어떻게 나왔는데 그래.

―허만호의 괴이한 연애행각을 설명하는 3대 요인을 찾아내 봤지.

―뭐 그리 거창한 설명이 다 있나. 그거 한번 들어나 보자.

―첫째는 욕망, 둘째는 요령, 셋째는 용기, 이렇게 세 가지라네. 첫째 허만호의 연애욕망으로 말하면, 옛날 중학교 시절이 생각나는데, 이 친구는 우리 또래보다 훨씬 앞서서 음부에 털이 났던 기억이 나. 또, 핸드플레이(handplay)라는 생소한 영어단어를 우리에게 가르쳐준 것도 허만호였어. 난 성인이 되고 나서도 그때 일이 생각나면 이 친구의 남달리 조숙했던 사춘기 성징性徵이 부러웠다니까.

―자네가 어떻게 그런 걸 알고 있지? 난 전혀 몰랐던 일인데.

―허만호와 나의 관계는 자네의 경우하고는 달랐던 거지. 부정태는 학교 안에서 허만호와 친했고, 나는 학교 밖에서 허만호와 친했단 말이지. 아, 우리 집의 위치가 허만호가 통학하는 도

로 변에 있었으니까, 등하교 시간에 동반하는 일이 많아지고, 자연히 여러 가지 장난질 치고 재미있는 이야기가 많았던 거여.

 ─자네가 허만호허고 그런 사연이 있는 건 정말 몰랐네. 그 다음 허만호 연애 성공의 둘째 요건은 어떤 거지?

 ─그 다음, 이 사람이 세상살이 헤쳐가는 비범한 요령으로 말하면, 서울 소재 배재학당에 편입할 때 알아봤지. 제주도 촌놈이 어떻게 감히 서울 명문 학교에 들어갈 생각이나 하겠냐고. 우린 이 나라에 그런 학교가 있는 줄도 몰랐잖은가. 5년제 제주농업중학교의 3년 학력 가지고 배재학당에 편입한 거나, 그 학교에서 영어에 통달해가지고 제주도청 통역관으로 내려온 거, 이런 건 다 남다른 요령이 있었으니까 가능한 거지. 이승만 대통령을 영어 도사로 만들어 준 학교가 배재학당이란 걸 이 친구는 벌써 알고 있더란 말이지. 경허고, 이 친구네 집안형편이 곤란헌 건 자네도 알잖은가. 서울에 학교 보낼 정도로 여유있는 집안이 아니었으니까 서울 유학기간은 순전히 고학으로 때웠다는 거여. 내가 알기로는 남대문시장에서 과일장수 했다는 건데, 그런 요령, 그런 배짱, 알아줄 만하잖아.

 ─좋아, 좋아. 그 다음 셋째 요건은 어떤 거였지?

 ─허만호 연애 성공의 셋째 요건은 허만호의 비상한 용기인데, 이 친구가 반정부 반란에 가담한 걸 보면 알 수 있지. 반정부 반란꾼들은 대개 일본 유학출신이나 일본내 사회운동가 출신이

라는 거 자네도 알잖아. 김달삼, 이덕구, 조몽구, 이운방, 강규찬, 여기에다가 김봉현까지 모두가 일본에서 혁신사상을 배워갖고 들어온 사람들 아닌가. 허만호는 이같은 일본발發 혁신사상과 무관한 경성유학 출신이라. 게다가 미군정 통역관이다 하면 이건 미국놈들에게 빌붙어 사는 친미파의 선두에 설 거 같은데, 허만호는 부패한 미군정에 반기를 든 3·10파업에 가담하고 4·3무장봉기에 지도자로 나섰단 말이지. 이런 모든 결단이 어떤 집단의 분위기나 압력에 따른 것이 아니라, 자기 자신의 독자적인 판단에서 나온 것이고 그러니까 비상한 용기가 필요했을 거란 말이지. 내 설명이 너무 장황한가. 그치만, 이건 모두 허만호의 기이한 연애행각을 설명하느라고 찾아낸 말이지 지어낸 말은 하나도 없다네. 어때, 내 말 그럴듯하지 않은가.

―알아듣겠네. 그러니까, 허만호는 남달리 연애욕망이 강한 남자인데, 용기가 비범하고, 역경에 대처하는 요령이 좋았길래, 불리한 환경 무릅쓰고 연애도 잘하더란 말 아냐.

―맞잖아? 제주도 촌놈이 어찌 어찌하여 서울유학을 거쳐서 미군정 통역관까지 된 것처럼, 연애 같은 거 엄두도 내지 못할 난리통에 감히 애인허고 밀회를 허고 말이지. 허만호의 연애 모험으로 말하면, 생명의 위험을 가중시킬 특별한 이유가 또 있었어. 가싯기오름 위쪽의 상지리는 산간마을이라서 빨치산 소굴이 가까웠고, 빨간 물이 많이 들었던 말이지. 아랫마을 하지리에 습격

해서 사상자를 많이 낸 폭도들 중엔 상지리 청년들이 많이 들어 있다고 해서 두 마을 사람들은 서로 원수가 되었다는 거여. 하지리 사람들은 상지리 사람들을 불구대천 원수로 생각했기 때문에 상지리 청년 허만호에게는 하지리 땅에 밭트집을 하는 것부터가 정말 죽음을 각오한 일이었거든.

—자네의 허만호 연구 들어보니까 그 친구 정말 걸출헌 인물이네. 난 허만호가 그냥 착실한 우등생 정도로만 알았단 말이지.

—그런 걸출헌 인물이 딸내미 하나를 책임지지 못허게 생겼으니, 말년 복은 타고나지 못헌 모양이라.

—자네는 무슨 말을 그리 하는고. 역사는 멈추지 않고 흘러가는 거라네. 허만호의 역사도 강물처럼 흘러갈 것이니, 말년 복 걱정할 날은 아직 멀었어. 언젠가는 부녀간에 상봉도 하겠지만, 그 시간과 장소가 어찌 될 것인지는 오래 사는 사람만이 알게되겠지. 우선 당장에는 건강하게 살아있는 게 중요한데, 어때 외손지 키와줄 그 외갓집 어른들은 살기 어려울 정돈 아닌가 모르겠네.

—잘은 몰라도, 집이 큼직헌 거 보니까, 경 구차헌 형편은 아닌 거 닮아. 나도 저 집안 사람들 대면해 본 적은 어시난, 잘은 몰르고.

—경 헌디, 저기, 호박덩쿨 이신 초가집 바로 앞에 밭은 어떵 된 밭이라. 몇 년 동안 주인이 돌아보지 않은 밭 닮은 게. 추수 거

두어들인 뒷정리도 해신가 말아신가 막 엉망으로 내버린 거 아니라?

　─아, 저 밭. 그 밭 주인이 상지리 사람이라는 건 나도 알주. 내가 듣기로는, 그 사람도 일본으로 밀항 갔젠 말이 이서. 혼자만이 아니고 식구들 몬딱 데련 갔젠 허난, 고향 땅에 이런 밭이 이신 것도 다 잊어분 모양이라. 이거 3년째 저 밭이서 손 놓고 이시나네.

　─온 식구가 모조리 갔젠 허민, 아예 일본에서 자리잡앙 일본 사람 되젠 간 모양인게. 그 사람네가 상지리 사람이민 허만호를 알거 아닌가.

　─경헐 테주. 같은 마을 사람들이난 일본에 살명도 서로 연락이 있지 않으카. 오사카엔 제주사람들 수만 명이 따로 모여 산덴 허니까.

　─게민, 저 밭은 주인이 나타날 때까지 저치룩 기냥 내분 땅 되는 거라? 거, 아까운 일이로고.

　─무사, 저 밭이 관심이 감서? 지금 저치룩 주인 어신 폐경 농지는 여기저기 하영 이실 거매. 행방불명 된 사람들 중엔 고향에 자기 재산 이서도 주인 노릇 허지 못 허는 사람들 하영(많이) 이실 거라.

　─내가 아니라도 저치룩 내분 땅이 이시민 좋아헐 사람이 이실 거 같아네 말해본 거주게.

현재 폐경 중인 밭, 앞으로도 주인이 나타날 것 같지 않다는 그 밭을 보면서 부정태가 얼른 떠올린 사람은 그와 생사고락의 운명을 같이했던 민 하사였다. 제주도하고는 아무 연고가 없는 함경도 출신인데 이곳에 와서 살려고 한다면, 마음 붙일 밭뙈기 하나라도 있는 것이 새로운 삶의 출발에 활력이 되지 않겠는가 싶었다. 그는 자신이 농촌출신이라는 말까지 했던 기억이 떠올랐다. 그러나 다시 생각해 보니 이제는 민 하사하고 연락할 수조차 없는 형편이었다. 그는 제대하기 전에 소속 부대를 따라서 육지부로 전출을 했고 앞으로 그의 거취에 대해서는 아무런 예상을 할 수 없었던 것이다. 부정태는 생각을 정리하고 얼른 화제를 돌렸다.

─시간은 많이 갔는디, 우리 기다리는 사람들은 안 돌아오네. 내가 줄곧 지켜봤는디, 그 집이 들어가는 사람은 어신 거 닮아.

─오늘은 이만 들어가자. 나도 어디 가볼 데가 있고, 자네도 집까지 걸어가려면 지금 나서야 할 거 아닌가. 금일봉은 다음 기회에 쓰면 되고.

─그래, 그래. 다음 기회에 보자고.

두 사람은 오름을 내려오는 대로 헤어져야 했다. 최기팔을 다른 방향으로 보낸 부정태는 제주읍내 집을 향하여 지체없이 발걸음을 옮겼다. 얼추 한 시간은 족히 걸어야 하겠지만, 가는 동안 낯선 마을, 낯선 동네를 구경하는 셈 치고 느긋하게 걸어가기로 했다.

혼자 걸어가는 동안 부정태의 머릿속에서는 최기팔과 나눈 이
야기들이 하나씩 떠오르면서 끝없는 질문과 대답이 반복되었다.
최기팔이 전해준 학창시절 회고담은 허만호의 과거와 현재에 대
한 그의 관심을 한결 도탑게 해주었다. 허만호가 걸어온 인생역
정은 아무나 넘볼 수 없는 독특한 매력을 발한다고 생각되었다.
미군정 통역관이 미군정에 반발하는 뚝심을 보인 점에 대해서도
부정태로 하여금 존경심과 함께 부러움을 느끼게 해주었다. 허
만호에게는 부정태가 갖지 못한 강력한 신념이 있었다는 것이
다. 다음으로 부정태의 머릿속에 떠오르는 질문은 허만호가 일
본으로 밀항해 간 이유가 무엇일까 하는 것이었다.

일본행 밀항선을 탈 때의 허만호 심정은 그야말로 착잡하고
뒤숭숭했을 것 같았다. 내일 일을 예측할 수 없는 난리통 속에
애인을 남겨두고 가는 죄책감과 멀지 않아 태어날 자기 혈육에
대한 불안감 등 이런 저런 걱정 때문에 전쟁판의 제주섬을 떠난
다는 안도감과는 거리가 먼 심정이었을 것이다. 자기 애인의 죽
음과 딸 출생에 대해 소식을 들었다면 그의 죄책감과 걱정이 클
수밖에 없었을 것이 아닌가. 이뿐만이 아니라, 위아래 이웃하는
두 마을 사람들에 대한 죄책감도 작은 일이 아니었을 것이다. 허
만호는 윗마을 상지리의 좌익운동을 이끌었다고 하니까 윗마을
빨치산의 아랫마을 습격과 그 피해에 대해 죄책감을 느꼈을 것

이다. 또한, 윗마을 사람들에 대해서는 자기로 인해 더욱 잔혹한 초토화작전이 실시되었다는 자책감에서 자유로울 수가 없을 것이었다.

그러나, 밀항선을 타는 허만호의 심정으로 말하면, 이런 부분적인 것보다도 4·3난리 전체가 허무하게 끝나는 것이 그의 마음을 비통하게 만들었을 것 같았다. 그가 일본으로 도피한 시점은, 초토화작전의 위세가 한창이어서 빨치산의 투쟁 여력이 거의 소진될 때라고 했던 것이다. 목숨 붙은 최후의 순간까지 군경토벌대와 사투를 벌였던 이덕구하고, 마지막 항전의 의미를 부인하고 초지관철의 민주항쟁 투사가 되기를 포기한 허만호는 어떻게 다를까. 이덕구는 그가 생각하는 민주항쟁의 의미를 신성불가침한 것으로 보기 때문에, 그 항쟁이 성공하든 실패하든, 반독재 투쟁가로 역사에 기록되는 것을 보람과 영광으로 생각한 것 같지만, 허만호는 4·3 민주항쟁에 대해 부여하던 정당성의 의미를 단념한 것으로 보였다. 4·3 무장봉기가 정의로운 역사와 민족의 양심을 살리는 길이 아니고, 오히려 민족사의 피폐와 국력의 낭비를 초래할 뿐이라고 보았기 때문에 비겁한 변절자의 오명을 불사한 것이 아닌가. 두 사람 모두 비범한 용기의 주인공이라고 할 수 있다면, 이덕구 쪽은 초반의 신념을 지키는 데에 용감했던 반면에, 허만호 쪽은 초반의 신념을 버리는 데에 용감했다고 할까. 남로당이 내세웠던 평등사회나 민족통일 이념에 대해 이제까지 품었던 신념이 무너지든가, 빨치산 운동의 무자비한 폭력성이나 무모한 모험주의에 대해 실망하게 되든가, 이런 이유라면 변절자 낙인이나 일신상의 위험 부담을 무릅쓰고 해외도피의 길을 택할 수 있지 않겠는가 하는 것이다.

이런 생각에 이르자, 부정태는 바로 자신의 현재 처지가 허만호하고 비슷한 데가 있는 것 같아서 쓴웃음이 나왔다. 자기 자신도 잔혹무비의 길로 치닫는 이 나라 정부의 공비토벌 학살 만행에 대해 충성하기를 고민하는 입장에 서있지 않은가. 부정태 자신과 허만호 두 사람이 모두 이제까지 자기가 속했던 진영에 대한 충성을 철회해야하는 것이 깊은 의미로 다가왔다. 게다가, 어렵사리 자기 소신을 바꾸게 된 계기를 생각해 볼 때, 두 사람이 부지불식간에 서로 상호작용을 했다는 점에서도 비슷한 데가 있었다. 부정태의 경우, 그의 진영인 군경토벌대에 대한 충성이 흔들리게 된 계기는, 국군장교로 복무하는 그 자신의 부조리한 현실 상황에 대해 허만호가 직간접적으로 경종을 울려준 것이었고, 그가 쏘아올린 총알 한 방이 부정태를 이 나라 국군장교의 현역 복무에서부터 퇴출시켰던 것이다. 이와 비슷하게, 허만호 쪽에서 자기 진영인 남로당 무장대에 대한 충성이 흔들리게 된 것은 부정태가 보낸 비밀 메시지가 아니었을까 하는 생각이 들었다. 빨치산 운동의 폭력성이 4·3사건 비극의 확산을 조장했다고 따끔하게 꼬집어 준 사람이 다름 아닌 어릴적의 막역한 친구였음이 허만호의 심금을 울려주었을 것만 같았다.

　며칠 후 부정태는 다시 최기팔의 방문을 받았다. 근방에 다른 볼일이 있기도 했지만, 부정태에게 급히 전해 줄 말이 있었기 때문에 방문한 것이라고 하였다. 최기팔이 갖고 온 소식은 충격적인 것이었다. 최기팔이 하지리 친척에게서 세세하게 물어보고 알아본 바에 따르면, 허만호의 애인 김선영의 죽음은 단순한 출산 사고사事故死가 아니라 낯 뜨거운 비밀이 얽혀있는 시국 관련 의혹사건이었다는 것이다. 김선영은 빨치산 지도자인 허만호와의 여러 차례 밀회사건이 밝혀져서 연행과 고문의 고통을 견뎌야 했는데, 잔혹한 공안경찰에서도 출산할 때까지는 임신 중이라는 정황을 참작하여 고문의 강도를 낮춰주었다는 것이다. 출산 후에는 충분한 산후조리를 거치지 못한 채로 다시 연행되어 문초를 당했는데, 행방불명된 애인의 거취를 밝히지 못했기 때문에 참혹한 고문사에 이르렀다는 것이다. 이 집안에서 당한 분통 터질 사건들은 이뿐만이 아니라고 했다. 작년 가을 제주도청 공무원인 김선영의 오빠가 빨치산의 죽창에 찔려 죽음을 당했는데, 그런 재앙을 당한 내력이 또한 기가 막힌 것이었다. 이 집의 외아들인 이 청년은, 목숨 내걸고 맨주먹으로 월남한 열혈 투사들인 서북청년단의 타향살이 설움을 위로할 의무가 현지인들에게 있다는 발언을 어느 신문기자에게 했다는 것인데 그런 신문

기사를 보고 분개한 빨치산 게릴라의 손에 무참히 살해당했다는 것이다. 외아들과 외딸을 모두 앗아간 재앙이 원통했고, 우익 편의 공안경찰이나 좌익 편의 빨치산 모두가 원수가 되었으니 어느 편 누구에게 한풀이를 할 수도 없는 처지라고 하였다. 이렇게 비통한 이 집안의 사연들을 모른 채로 저번처럼 애기 아방 친구들이라는 명목으로 방문을 했다면 어떤 황당한 대접을 받았겠느냐는 얘기였다.

최기팔이 돌아간 다음에 부정태는 한동안 멍한 기분이 되었다. 허만호에 대한 자신의 관심이 너무 일방적으로 빗나간 것 같아서 부끄럽기도 했다. 부모 잃은 가엾은 애기를 찾아보는 것이 오랜 친구와의 우정에서 나왔다고는 하지만, 빨갱이와의 불륜관계로 외동딸을 잃었다고 생각하고 있을 어른들에게 그 같은 방문은 결코 환영받을 리가 없을 터였다. 세상의 저주를 받아야 할 빨갱이 불한당을 너는 친구로 인정하고 그놈의 소생의 건강까지 걱정해 준다는 말이냐, 이렇게 나올 것이 아닌가. 진실로 친구와의 의리를 생각한다면, 이 집안 어른들이 눈치채지 못하는 가운데 그 불쌍한 애기를 도와주는 것이 옳지 않겠는가. 저주받을 불한당들한테서 외아들과 외딸을 잃었다고 원통해하는 어른들에게 위로가 될 말을 해준다고 하더라도 그런 불한당의 친구 입장에서 할 것이 아니라, 그냥 누군지 모르는 세상사람의 입장에서 해주어야 할 것이다. 앞으로는 아무도 알아차리지 못하는 방법

으로 허만호 딸의 성장에 도움 될 일을 찾아나서야겠다는 다짐
을 해보는 것이었다.

26절

부정태는 주인 없이 버려진 밭뙈기를 잊지 못하다가 기어코 그 땅에서 농사짓기를 시작하였다. 하지리의 가삿기오름 기슭에 있는 그 밭은 그 일대의 옛날 이름에 따라서 조록낭밭이라 불리었다(아마도 오래 전 옛날 그 일대에 조록낭이 많이 있어서 그런 이름이 나왔던 것 같았다). 조록낭밭은 별로 크지도 않고 작지도 않아서 부정태의 깜냥에 딱 맞는 땅이었다. 오른쪽 손가락 놀리는 동작만 하지 못하는 반쪽 장애인이었으므로 욕심없는 농사꾼 노릇은 가능하다는 판단이 내려졌다. 오른손이 불구가 되면 왼손의 힘이 몰라보게 강해진다는 생리학적 원리가 고마웠고, 오른손으로도 손가락 펴는 일 없이 주먹을 꼭 쥐고 할 수 있는 일이 많았다. 어차피 남의 밭을 가로채어 농사짓는 꼴이니 큰 욕심 낼 푼수는 아니었다.

어설픈 밭 농사를 시작한 지 1년이 지나면서 부정태는 아예 여기에 집을 짓고 새 살림을 시작하였다. 농사일이건 집 짓고 새 살림 차리는 일이건 과감하게 착수부터 먼저 해놓고 부딪쳐 보니 그럭저럭 되어가더라는 얘기였다. 반쪽 장애인인 남편 위주로 가정을 꾸리는 일에 군소리없이 잘 따라주는 아내가 고마웠다. 손 사용이 불편한 남편이 할 수 없는 일을 대신 해주는 것이 많았고, 밭갈이나 큰 짐 나르기 등 바깥 남자 일꾼이 필요할 때도 잘 알아서 챙겨주었다. 억척스러운 제주여성의 활동력 그대로였다. 네 살 짜리 아들 창식이 녀석은 또래 친구들이 없는 외딴 동네로 이사하는 것이 싫다고 칭얼대는 것을 겨우 달랠 수 있었다. 제주도의 주된 농작물인 보리나 조는 타작하는 일이 버거웠기 때문에 단념하기로 하였다. 이런 거 말고도 고구마나 감자, 여러 가지 채소처럼 힘이 많이 안 들어가는 작물들이 많았다.

자기 소유가 아닌 조록낭밭을 가로채어 경작하는 것에 대해 마을사람들이 이상하게 생각하는 눈치가 보였지만, 부정태가 아무런 거리낌 없이 주인 행세 하는 것을 보자 그럴만한 사정이 있는 것으로 생각해 버리는 상 싶었다. 제주도 난리가 거의 수습되고 나서 한국전쟁의 더 큰 소용돌이가 이어졌다. 그러나 혼란스러운 세상일수록 이상한 현상에 대한 사람들의 관심은 약해지는 것 같았다. 지역사회가 안정을 되찾고 이 마을 주민들과의 관계가 점점 더 친밀한 것으로 되어감에 따라서 부정태의 마음은 남

몰래 죄 지은 사람처럼 조마조마해지기 시작했다. 그러나 떳떳치 못한 심정으로 이어맞추는 어정쩡한 이웃관계는 얼마 안 되어 끝날 수 있었다. 어느 날 윗마을 상지리에 산다는 늙수그레한 남자가 와서는 이 조록낭밭의 주인과 오촌관계라고 하면서 말을 붙였다. 부정태로서도 기다리던 사람이었다. 그러나 그 사람이 하는 말이 뜻밖이었다. 일본으로 밀항해 간 이 땅 주인을 아느냐고 묻는 것이었다. 이 땅의 주인은 지난 난리 시국에 워낙 큰 죄목으로 수배된 자였기 때문에 그 사람의 땅을 경작하는 자에게까지 그의 소재를 캐묻거나 수배자 은닉죄 등으로 귀찮은 추궁을 할 것이 두려워서 이 밭 경작에 손 대는 사람이 없다는 얘기였다. 부정태가 이 밭을 경작하는 것에 대해서도 아무런 책망을 하지 않았다. 공짜로 남의 밭을 경작해도 괜찮은지 물었더니, 주인하고 연락조차 안되는 상황에서 밭값 같은 얘기가 나올 수 있겠냐고 웃어버렸다.

부정태는 이 사람을 보내고 나서 한동안 이런저런 생각 속을 헤매었다. 지금으로서는 어떤 단정을 할 수 없지만, 만약에 밭주인과 오촌관계라는 이 사람이 한 말이 모두 사실임이 확인되면, 그 사람과의 합의를 통해서 밭값 문제를 타결할 수 있을 것으로 생각되었다. 게다가 이 사람의 믿음을 얻기만 하면, 일본에 갔다는 밭주인하고 직접 연락하는 길이 열릴 수 있을 것이고, 그렇게 되면 허만호에게도 연락이 닿을 수 있지 않을까 싶었다.

조록낭밭으로 거처를 옮길 때부터 부정태가 제일 걱정했던 것은, 울담 하나를 사이에 둔 위아래 이웃집 간에 어떻게 친근하게 지낼 것인가 하는 문제였다. 누구의 친구라느니 하는 자기소개 없이 친분을 쌓아가는 것이라서 오랜 세월이 필요하려니 싶었다. 그 집에 첫인사를 갔던 날, 어른이라고는 중년 나이로 보이는 남자 한 사람과 여자 한 사람밖에 없었다. 허만호의 장인과 장모 격인 사람들이라고 생각되었다. 두 사람 다 웃거나 어떤 관심을 보이는 기색없이 멀거니 먼 산 바라보는 표정이었다. 이 집안 사람들의 가슴 속에 맺혀있을 기막힌 사연들을 들어서 알고 있는 부정태로서는 냉랭해 보이는 그들의 가슴 속에서 어떠한 열불이 타고 있을지 짐작이 되었다. 허만호 딸은 집안에 있는지 보이지 않았다. 그 집 식구들과의 짤막하고 냉랭한 초대면 인사의 장면은 오랫동안 잊혀지지 않은 채 부정태의 뇌리에 깊숙이 박혀있게 되었다.

이사 와서 한 달인가 지난 어느 날, 조록낭밭 앞 고샅길에 나와서 상면한 아이와 어른들끼리 이런저런 얘기를 나눌 기회가 있었다. 그때 처음으로 아이의 이름을 물어보았다. 아이 이름이 '허미혜'라는 말을 듣고 부정태는 안도의 한숨을 내쉬었다. 이 어른들은 아이의 친부가 허만호인 것을 인정하고 있고, 허씨 성 가진 아이의 이름자를 통해서 세상사람들에게 이를 알리고 있었던 것이다. 그렇지만 자기 손주딸의 아빠가 허만호라는 것을 알고 있다고 해도, 이 어른들은 허만호가 빨치산 지도자라는 것을 얼마나 알고있는지, 더구나 그들의 외동딸이 빨치산하고 절친한 연애관계였다는 것에 대해 어떤 심정인지를 알 도리는 없었다. 부정태는 이런 의문점을 풀기 전에는 자기와 허만호가 막역한 친구 사이였다는 사실을 알리지 않는다는 심산이었다.

세월이 가면서 부정태 쪽 가족들이 허미혜 어린이를 보는 기회가 많아진 것은 지리적인 환경의 여건 상 아주 자연스러운 일이었다. 알녘집(아랫집) 허미혜와 우녘집(윗쪽집) 부창식은 누가 시키지 않아도 자연스럽게 단짝친구가 되었다. 해가 떠서 문밖으로 나가면 눈에 보이는 집은 위아래로 마주한 집 둘밖에 없으며, 같이 놀아줄 짝짓기 동무라고는 미혜에게는 창식이, 창식이에게는 미혜밖에 없는 것이다. 미혜는 나이를 먹어가면서 혼자서도 집밖 고샅길로 나올 때가 있었는데, 그런 기척이 있을 때에는 부정태도 아들녀석 창식이를 밖으로 나오도록 해주었다. 그런 점에서는 동물들의 존재도 도움이 되었다. 개나 닭들이 집밖에서 소리를 내면 이것이 아이들을 밖으로 불러내 주었고, 아이들이 집밖에서 소리를 내면 이 소리는 다시 어른들을 밖으로 불러내 주었다. 이를 본 부정태는 시장에 가서 개와 닭들을 사다가 기르게 되었고, 동물들 세계가 아이들 세계를 거쳐서 어른들 세계로까지 친화력을 뻗쳐가는 형국이 되었다. 세상 모르는 어린이들이 천진난만하게 잘 노는 모습은 온갖 신산한 기억에 찌

들린 어른들의 모습과 달랐다.

창식이와 미혜 사이의 친교관계를 도와주기로는 맛있는 음식 나누어 먹는 것도 중요하였다. 맛있는 것 즐기는 시대가 아니었기 때문에 아이들의 군것질 품목이 다양할 수는 없었다. 식사 시간 아닌 때 밖에 나다니면서 먹을 수 있는 것은 고구마, 감자, 옥수수, 참외 등이 있었지만, 아이들 친교의 기회로서 부정태가 준비한 먹거리는 옥수수가 제격이었다. 들고 다니며 먹기가 좋고, 모양이나 빛깔도 예뻤으며, 옥수수 수염을 사람수염 분장하는 데에 쓸 수도 있었다. 미혜는 자기네 집에서 볼 수 없었던 옥수수가 이웃집 뜰 안에서 자라는 것을 눈여겨 보기를 잘했고, 창식이가 삶은 옥수수 먹는 것을 부러워하였다. 창식이도 미혜하고 삶은 옥수수 나누어 먹는 것을 좋아하였는데 그런 모습을 바라보는 것은 부정태에게 무척이나 기분 좋고 기운 나는 시간이 되어주었다. 창식이가 밖에 나다니면서 군것질을 하다가 집 안에 들어와서 삶은 옥수수 더 달라고 할 때가 있는데, 그것이 자기가 먹기 위한 옥수수가 아니라 미혜에게 선심 쓰기 위한 것임은 쉽게 알 수가 있었다. 창식이 자신이 배가 찰 때가 되었으면 갖고 나간 옥수수가 미혜를 위한 것임이 틀림없는 일이었다. 창식이가 미혜에게 군것질 나누어먹는 것을 즐기는 심리가 어떤 것인지 상상해보는 것도 부정태에게 즐거운 시간이었다. 우리집에는 이렇게 맛있는 것이 있다고 자랑하는 심리일까, 그렇지 않으

면 맛있는 것을 먹게해주는 것으로 인하여 미혜가 자기를 더 좋
아해준다고 생각하기 때문일까. 이런 의문이 떠오를 때마다 부
정태는 싱거운 실소를 머금었지만, 싱거운 실소를 머금는 이런
시간조차도 즐겁기만 했다.

　이웃집 사람 얼굴 보는 기회는 많아졌지만, 알녁집 어른들은
지난 세월 어떻게 살았는지 좀처럼 말하려고 하지 않았다. 얘기
를 먼저 붙이는 사람은 대개 부정태 쪽이었다. 부정태 쪽도 지난
시절 얘기는 되도록 피하였고 주로 농사일에 대해 물어볼 때가
많았다. 나이를 많이 먹은 가락이 있으니, 농사일에 대한 알녁집
어른의 경험담은 끝이 없게 마련이었고, 이것이 두 집안끼리 친
교를 쌓아가는 큰 통로가 되었다. 알녁집 어른이 오래 고집하던
침묵을 깨고 말문을 활짝 열어준 것도, 억울한 시국사건들과는
전혀 무관한 농사일을 소재로 할 때였다.

　알녁집 어른들이 과거일에 대해 차차 입을 열게 된 다음에도
외동딸이었던 김선영에 대한 얘기는 꺼내지 않았고, 외아들에
대해서만 간혹 화제에 올릴 때가 있었다. 억울한 사연이 많은 가
운데에도 아들자랑을 하고 싶은 이들의 마음을 억제하지 못하는
모양이었다. 이 집 아들은 꽤나 유별난 청년이었던지, 유별난 행
동을 잘하여서 다른 사람들의 힐난을 들을 때가 많았지만 그것
이 아들 사랑을 가로막지는 않는 것으로 보였다. 서북청년들의
타향살이 신세를 제주사람들이 위로해 주어야한다는 이 집 아들

의 발언이 신문에 난 것이 그 자신의 죽음을 초래했다는 말은 부정태도 최기팔에게서 들은 적이 있었다. 서북청년들에 대한 제주사람들의 증오심을 모를 리 없을 텐데 이 같은 지역민심의 소재를 알면서도 그 사람들에 대한 인간적인 동정심을 표명하는 것은 부친의 눈에는 유별난 덕성에 속하는 모양이었다. 또 하나, 이 아들은 제주에 주둔한 미군들하고 여기저기 유람을 다님으로써 사람들의 빈축을 샀다고 했다. 도청 공무원으로 미군들과 접할 기회가 많은 처지인데 영어나 서양문물에 대해 알고 싶어한 것은 잘한 일이 아니냐고 말하는 이 어른은 아들에 대한 사랑 때문에 반공주의와 친미주의로 기울어진 것만 같았다. 아들 사랑이 먼저 있고 나서 아들이 좋아하는 것을 어른이 따라서 좋아한다면 이를 막기는 어려울 터였다.

알녁집 어른들은 그 집 외아들에 대해서는 지난 시절 이야기를 자랑스럽게 털어놓는데 외동딸에 대해서는 언급을 회피하는 눈치였다. 부정태가 생각하기로도, 이 어른들이 외동딸 김선영이나 빨치산 지도자 허만호에 대해서 호감을 갖고 있을 리 없음은 당연해보였다. 이들에게 있어서 확실한 우파에 속하는 외아들이 극히 사랑스럽고, 아들의 극우파적인 성향까지 자랑거리로 보인다는 것은, 좌파임에 분명한 김선영과 허만호를 좋아할 리가 없다는 얘기가 아닌가. 더구나 이들의 거주지인 하지리는 빨치산 운동 본거지인 상지리 마을과는 원수지간인데, 이들의 딸은 하필이면 원수 마을 사내를 좋아해서 아이까지 낳아버린 것이다. 아무리 그렇다 하더라도 하나밖에 없는 고명딸을 미워하는 부모의 마음이 편할 리가 있겠는가. 부정태는 이 집안 어른들이 품었을 자연스러운 딸 사랑이 어떻게 4·3광풍의 혼란 시국에서 꿋꿋이 버티어 냈을지, 밤하늘 구름 속에 가려진 별빛을 찾듯이, 정탐하는 심정이 되었다.

─야인(이 아이는) 꼭 지네(자기) 어멍 닮안 착헌 거 닮수다. 우리집 뚤애긴 지레(키)는 족았주만은(작았지만), 부모 공경허기로는 요즘 세상 아이 같지 않게 착했우다. 제오(겨우) 열 살 됐젠 허난, 맛 있는 거 올라오민 어멍신디 먹으렌 냉겨주어십주. 다른 집이선 부모가 아이 먹으렌 냉겨주는디, 우리집이선 거꾸로 아이가 부모신디 냉겨주었젠 말이우다.

이것은 어느 날 김선영의 모친이 미혜가 착한 것을 칭찬하다가 덧붙인 말이었다. 자기 딸이 돼먹지 못하게 빨갱이하고 연애하다가 천벌을 받은 것을 놓고 얼마나 속앓이를 해왔을까, 지레 걱정을 하던 부정태는, 김선영이가 자기 부모에게 착한 딸로 비쳐졌다는 뜻밖의 회고담을 듣고 그 말의 뜻을 헤아리느라고 고심하였다. 부모 공경을 잘하던 기특한 딸이 이 집안의 원수와도 같은 빨갱이하고 연애를 했으니, 사랑과 미움이라는 반대 방향의 힘이 정면으로 부딪친 꼴이 아니런가. 부정태가 고심 끝에 내린 결론은, 이렇게 반대방향으로 치닫는 감정의 갈등이 생명의 질서에 역행하는 것은 절대로 아니라는 생각이었다. 어떤 감정의 갈등관계가 아무리 심각해도 기정사실화 되어버린 다음에 그것을 인정하는 것은, 아직은 일어나지 않고 앞으로 예상되는 갈등관계의 감정 상태와는 달리 견디기 쉬울 것 같았다. 이미 죽어서 이 세상에 존재하지 않는 자식에게 대해서는 모든 것이 용서되지 않겠는가 싶은 것이다.

미혜가 다섯 살인가 되었을 때 외할아버지하고 함께 무슨 일로 부정태네 집에 와서 시간을 보내던 중에 그가 들은 말은 그로 하여금 의미심장한 해석을 끌어내도록 만들었다.

─야이도(이 아이도) 지네 아방(애비) 닮아시민 지레(키)가 이 치룩(이렇게) 족진 않을 거우다. 두고 봐야 헐 겁주. 아이덜 지레 일마나 클지는 잘 모르나네.

옛날에 미혜 엄마 김선영의 키가 작은 것이 부모의 걱정이었고, 그런 약점을 보완해준 것이 그녀의 착한 성질이었던 것은 부정태로서도 기왕에 들어서 알고있던 것이었다. 그런데 앞으로 키가 제대로 커 줄지 걱정되는 미혜의 신상에 희망을 걸 수 있는 것은 미혜가 엄마의 키를 닮지 말고 아빠 쪽을 닮아주는 것이라는 말인데, 이것은 미혜 아빠가 한때 범했던 빨갱이 죄에 대해 면죄부를 준다는 말이 아닌가 싶었다. 이 집 어른들이 앞으로 이 세상에 남기고 죽을 일점 혈육이 미혜인 것이고, 미혜는 이미 풍운아 허만호를 애비로 삼아 세상에 태어나버린 것을 어찌하겠는

가. 이런 판국에 허만호가 자기 딸에게 베풀 수 있는 것이 뭐가 있겠는가. 비록 자기 딸 옆에 있으면서 키워주지는 못할지라도, 그 딸이 엄마 닮아서 작은 키 되는 신세를 면해주기라도 한다면, 그나마 훌륭한 애비노릇한 것이 아니겠느냐는 생각이 들 법하였다. 알녁집 어른들은 결국 일점 혈육으로 남을 손주딸 사랑을 웅숭깊이 품기 위해서는 한때 불경죄를 저질렀던 딸에 대한 사랑을 복구해야했고, 종내는 딸의 남자가 지은 괘씸죄까지 용서해 준 것이라는 생각이었다. 이런 식으로 나간다면, 앞으로도 알녁집 어른들은 비명에 죽어간 자기 딸이나 그 딸의 남자에 대한 기억을 아주 지워버릴 수는 없을 것 같았다. 손주딸 미혜가 자라나서 맞이할 미래의 기대를 이야기하게 되면 자연히 미혜의 부모 이야기가 나오게 될 것이고, 특히 일본에 살아있을 미혜 아빠 허만호에 대한 이야기도 자연스럽게 나오게 되리라는 것이 부정태의 조심스러운 생각이었다.

27절

부정태가 찾아들어간 다방의 이름은 〈광장다방〉이었는데, 이름자의 뜻 그대로 광장처럼 넓은 다방이었다. 들어가서 보니 그 넓은 다방에 빈 자리가 별로 없을 정도로 손님들이 낳았다. 이 많은 사람들이 오늘 있다는 선거유세와 관계가 있으려니 생각하면서 천천히 둘러보는 그의 시선이 어느 한 곳에 우뚝 멈추었다. 다방 한켠 창가에 앉아있던 남자 한 사람도 부정태의 시선이 자기에게 머무는 것을 알아봄과 동시에 자리에서 일어섰다. 두 사람은 어느 새 마주 바라보며 걸음을 옮기고 있었다.

―이 사람, 부정태 아닌가.

―맞아. 자네 이름은 송영대 맞지?

―야, 이거 얼마만인가. 50년대에 본 다음에 지금 90년대니까 40년 만이다야.

―반갑다야. 자네 반백 머리 보니까 더 반갑네.

―밖에는 백발머리가 됐어도 속은 아직 청춘이네. 자네도 백발홍안 정정해 보이니, 반가운 일이여. 여기 와서 앉아라.

두 사람은 송영대가 앉았던 자리로 돌아가서 마주 앉은 다음에 얘기를 계속하였다.

―그래, 자넨 아직도 교수 허는 건가?

―어, 작년에 정년퇴직했어. 홀가분허게 여기저기 구경 다니면서 세월 까먹는 재미로 산다네. 요즘 선거철이라서 우리 고향 총선 민심이 어떤가 시찰해보려고 내려왔지.

―그래서 오늘 박 후보 선거유세 들으러 이 쪽으로 온 거구만. 나도 마찬가질세. 선거 열기가 얼마나 뜨거웠으면 축구장에서 유세를 할까.

―그러게 말이야. 아마도 이번 총선에선 제주도의 선거 열기가 최고인 거 같애. 그런데 난 비행기 출발 시간 때문에 유세 도중에 공항으로 가봐야 돼. 우리 박 후보 연설을 꼭 듣고 싶었어. 박술음 후보는 나하고 이종사촌 간이라.

―요즘 박 후보에 대한 제주민심의 동향이 최고 관심사여. 4·3사건 희생자들에 대한 국민적인 판결이 선거결과로 나타날 테니까, 역사에 남을 선거인 거지.

―그건 그렇고. 자넨 어떻게 세월 보내나? 장교 생활 초년에 상이용사가 됐다는 거까진 나도 알고 있지.

─그저 그래. 상이용사 정신으로 나라걱정 허는 것이 주업이고, 밭농사 좀 허는 건 부업이고 그래. 난 정년 같은 것도 없으니 이렇게 살다 죽을 거여.

─좋지, 좋아. 말년 운수는 농부한이가 최고여. 일하거나 쉬거나 원하는 만큼 할 수 있으니, 얼마나 좋아.

─맞지, 맞아. 난 우리집 아들 며느리도 농사꾼 된 것이 아주 잘했다고 봐. 온 가족이 농사꾼인 것이 말년 복인 거 같애.

─요즘 젊은이들은 농사일이 재미없다고 싫어한다는데.

─우리집 아들 며느리는 자의보다는 타의, 그러니까 운명의 길로 택한 것이 농사꾼이었어.

─그거 무슨 말이지? 운명의 길이 농사꾼이라니.

─이건 스토리 사체가 소설작품 같으니까 얘기해 줄까? 그러니까, 우리집 아들 며느리는 아주 어릴적부터 지호지간 가까운 이웃집에서 살았네. 철 들기 전부터 친구처럼 오누이처럼 친하게 지낸 남녀 한 쌍이 장성한 다음에 서방 각시가 되어버린 거지.

─너무 잘 아는 사람들끼리는 오히려 결혼하기가 어렵다든데.

─이건, 아주 특별한 케이스라니까.

─아주 특별하다고? 그럼 그 집 경우엔 소싯적 친구를 배우자로 택한 것이 남자 여자 어느 쪽이었지?

─단연 여자 쪽이었지.

－단순히 호의와 호감만으로 결혼에 이르렀는지, 아니면 무슨 압박같은 것이 있었는지.

－압박? 인간의 압박은 아니고, 운명의 압박이랄까.

－또 운명이라네. 어떤 운명이었는데 그런 불가항력 압박을 가했는고.

－걔네들이 꼬맹이 어린애들일 때, 두 녀석이 숨박꼭질을 했어. 그랬는데, 아들 놈이 숨을 곳 찾아서 너무 급하게 방문을 여닫다가 방 벽에 걸어둔 가재도구 하나가 떨어지는 바람에 오른쪽 눈 부위에 얻어맞아서 짜부라기눈이 돼버린 거여. 눈병신이 되는 바람에, 우리 아들은 학교 다니기 싫어하고 국졸 학력 평생 농사꾼이 되어버린 거지.

－며느리 쪽에서 그런 농사꾼 신랑을 좋아했다니 기특도 하네.

－남자가 자기 때문에 학교도 못 다니고 농사꾼 되었으니까, 자기는 평생 이 남자의 눈에 보조역할 하겠다고 하던 것이 그냥 부부가 되어버린 거여.

－그래서 농사꾼 부부가 됐다고? 농사일도 열심히만 하면 성공하는 세상이니까뭐. 그래, 아들넨 무슨 농사 하는데.

－걔네들은 아주 운이 좋았어. 요즘 제주도에 밀감농사가 붐이거든. 박정희시대 산업화정책 덕분이지만, 밀감농사가 떼돈 버는 일이 된 거여. 그전에는 밀감농사가 남제주에만 된다는 게

일반 통념이었는데 걔네가 뛰어들더니 북제주에도 밀감이 된다는 게 증명된 거여. 타이밍이 잘 맞은 거지. 이거 내가 자식 자랑을 너무 했나?

─그럼, 자식 자랑 할 만하네. 그 집 아들 며느리는 밤낮으로 얼굴 맞대고 사는 밀착형 서방각시 생활을 평생 동안 하는 셈 아냐. 요즘 세상에 그런 집이 얼마나 되겠어. 그거야말로 부처님 표창깜이여.

─더 놀라운 말 들어볼래?

─더 놀라운 말? 이번에는 마누라 자랑인가?

─마누라 자랑은 다음에 허고 오늘은 사돈 자랑을 헐 셈이네.

─옛날부터 사돈은 타박이나 자랑을 허는 게 아니라고 했는데, 하여간 들어나 보자.

─우리 사돈은 자네도 잘 아는 사람이네. 농업중학교 동창 허만호 있었잖은가.

─알지, 그럼. 허만호는 4·3사건 때 빨치산 지도자였다가 일본 밀항을 했다는 친구 아냐? 허만호가 부정태허고 사돈이란 말인가?

─그렇다니까. 우리집 며느리가 허만호 딸이여.

─이거 정말 놀랄 일이네. 4·3사건 때 일본 건너간 빨치산은 한국 왕래를 못했던 거 아냐?

─그랬지. 조총련계의 한일간 왕래가 계속 막혔다가 팔팔올림

픽을 계기로 허락 되기 시작했고, 90년대가 되면서 활짝 열렸지. 허만호는 지은 죄가 무겁다고 해서 아주 늦게야 귀국 허락이 된 거여.

—그럼, 허만호가 일본 있을 때 사돈 맺었으면, 신랑 부친만 있고 신부 부친은 없는 결혼식이었다는 거여?

—그런 셈이지.

—그럼, 허만호가 귀국한 건 언제였다는 거지?

—오늘 지금 이 시간에 귀국하고 있을 거구만.

—그건 또 무슨 말이여? 지금 이 시간이라니. 말 좀 쉽게 해줄 수 없나?

—뭐가 어렵다는 거지? 부모 잃은 허만호의 외동딸이 우리집 아들하고 이웃집에 살면서 좋아 지내다가 부부가 되는 자리에 허만호가 부재했다는 건데 내 말 알아듣기 그렇게 어려운가? 얼른 들으면 이상해 보이지만, 어거지로 이어맞춘 역사는 아니구만. 아, 내가 나 혼자 고집을 피우고 한 것이 하나 있는데, 그건 내 아들과 허만호 딸이 이웃집에 살도록 만들어 준 거, 그 정도지.

—자네가 세심하게 연출한 휴먼드라마는 아주 감동적이네만, 그런 드라마의 클라이막스 장면에서 자네가 빠진 격이잖아. 지금 허만호가 40년만에 귀국하는 시간인데 부정태는 국제공항에 나가보지도 않고 여기 선거유세나 구경하겠다는 건가?

—내가 지금 여기로 나와서 허만호 만나기를 피한 것은, 나 나

름대로 심사숙고한 휴먼드라마 무대 설정이라네. 나도 오늘 낮에 우리집 아들 며느리하고 같이 제주공항에 나가 있었다는 거여. 그곳에 잠시 앉아서 곰곰이 생각해 봤지. 내가 지금 공항에서 허만호를 영접하는 건 어떤 신분, 무슨 자격으로인가, 이런 걸 생각해 봤어. 여기는 허만호가 자기 딸과 사위로부터 영접 받고 들어오는 자리인데 내가 나와 있다, 그러면 어떻게 되는 거지? 허만호에게는 40년만에 처음 만나는 딸과 사위가 제일 중요한 사람일 거 아닌가. 나는 이것이 싫다 이거지. 나는 우리집 사돈 허만호하고 만나기 전에 만나고 싶은 사람이 있다는 거지. 4·3 사건이라는 방황의 시대, 우리 두 사람이 꼭 같이 갈팡질팡 헤매던 시절의 그 허만호를 만나고 싶다는 거지. 나는 허만호하고 좌파니 우파니 다투던 적대관계를 풀고 동지관계로 보게 되었지만, 허만호의 심중은 어떤지 이것도 보고 싶고, 40년 전의 우리 역사를 너무 쉽게 떨쳐버리는 것이 어쩐지 내키지 않았네. 그런 심정 자넨 잘 모를 거여. 난 바로 얼마 전까지 제주공항에서 허만호를 기다리다가 혼자 나왔다네. 공항에서 나오다가 선거유세 현수막을 보고 여기 축구장 쪽으로 온 거여. 허만호 만나기를 잠시 피해서 여기로 나온 내 심정을 알겠어?

　―자넨 지금 장편소설 쓰는 심정이겠어.

　―내가 지금 소설이나 쓰는 사람으로 보이냐?

　―그러고 보니까, 소설 쓰는 걸로 그치는 게 아니고, 연출자

연기자까지 다 맡고 있는 거네. 그런데 내가 자네 장편소설을 제대로 감상하지 못해서 미안하다. 그만 일어서서 선거유세 들으러 가자. 난 비행기 시간이 촉박해서 한 30분 정도만 듣고 공항으로 가야한다.

─그래, 이제 나가자. 나도 선거유세 들으러 이쪽으로 온 건데.

두 사람은 급히 서둘러서 〈광장다방〉 밖으로 나왔다. 다방 안의 손님들도 대부분 자리를 뜬 것이 유세장으로 나간 모양이었다. 유세장소인 축구장에서는 벌써 선거연설하는 목소리가 마이크를 통해 크게 울려나오고 있었다. 오늘 유세장의 주인공 박술음 후보의 이종사촌이라고 했던 송영대는 지금 들려오는 마이크 목소리의 주인이 누구인지도 벌써 알아맞히고 있었다.

─저 사람은 자기 엄마 국회의원 만들려고 발벗고 나섰구만. 학력은 별로지만 속에 들은 건 많은 사람이여.

─우리 저 사람 연설 잘 들으려면 저 앞쪽으로 가야겠어.

박 후보의 찬조연설에 나선 사람의 모습은 키가 작고 얼굴도 가무잡잡하였으나 야무지게 입술을 당겼다 풀었다 하는 품이 당차고 강단성이 있어보였다. 우렁차지는 않았지만, 가볍게 떨리면서 여운을 남기는 목소리여서 오히려 호소력이 있어보였다.

─저는 이번 4월 총선에 나온 박술음 후보의 아들 김천식입니다. 저는 저의 어머니를 도와드리기 위해서 이 자리에 올라왔습

니다. 저의 어머니는 빨갱이라는 억울한 누명을 쓰고 있습니다. 저의 아버지가 옛날에 빨갱이였기 때문에 오늘날 저의 어머니까지 빨갱이 취급을 받으니까 억울한 것입니다. 저의 아버지가 4·3사태 당시에 빨갱이로 찍혀서 죽은 것은 사실입니다. 그렇지만, 남편에게 빨갱이 전력이 있다고 해서 그 사람 부인까지 빨갱이라고 말하는 것이 옳습니까. 저의 어머니는 절대로 공산주의자가 될 수 없는 사람입니다. 저의 아버지가 공산주의자라는 이유로 감옥살이 하고 고문당하고 고생만 하다가 작고하시는 것을 똑똑히 보았던 저의 어머니가 어떻게 공산주의자가 되겠습니까. 저와 저의 어머니는 빨갱이 가족이라는 이유로 연좌제 족쇄에 묶여서 사회의 음지에 숨어살아야 했습니다. 저는 저희 가족들이 당한 고난의 내력을 알았기 때문에 전 세계의 공산주의 발달사를 특별한 관심을 갖고 공부했습니다. 지금 전 세계의 공산주의 국가들을 쭈욱 훑어볼 때, 사회안정과 국민복지와 민주정치를 실현하는 일에 성공한 공산국가는 단 하나도 없습니다. 말로만 민주정치입니다. 그 대표적인 예가 바로 북한입니다. 저의 아버지는 그 무지몽매했던 시대에 공산주의 유행병에 걸렸던 것입니다. 그 덕분에 저의 어머니는 공산주의 실패의 역사를 똑똑히 보고 듣고 온몸으로 겪을 수 있었습니다. 저의 어머니가 반공국가 대한민국의 국회의원이 될 준비를 한 내력은 이렇게 특별한 데가 있습니다. 저는 감히 외치고 싶습니다. 빨갱이 혐의로 울음을 삼켰던 4·3희생자들이야말로 누구보다도 열렬한 반공의 역군입니다. 저의 어머니 박술음 후보는 남편과 아들과 자신의 불행한 생애를 통해서 대한민국 발전의 길이 어디에 있는지를 알게 된 것입니다. 4·3사건이 일어난지 이제 40년이 넘었습니다. 공산주의 실패의 역사를 반면교사로 삼아서 민족번영의 길을 개척하는 것이 저의 어머니 박술음 후보의 꿈인 것입니다.

김천식의 찬조연설이 끝남과 동시에 박술음 후보가 연단 위로 올라갔다. 반백의 머리, 세파에 시달린 듯이 잔주름이 가득한 초로의 여자 얼굴, 수수한 치마 저고리의 한복 차림. 별로 사람들 시선을 끌 모습은 아니었다. 마이크를 입에 대고 목소리를 시험할 때까지도 무표정에 가까웠지만, 잠시 후 청중을 향해 멀리 바라볼 때의 박 후보 얼굴은 상당히 달라졌다. 양미간을 모으고 입술을 실룩거리는가 했더니, 막힌 목구멍을 트는 것 같은 밭은 목소리가 나왔다. 처음 한동안은 채 말이 되지 못하고 그냥 울음소리 비슷한 음성이었지만, 몇 번 반복한 다음에 겨우 말이 되어 나왔다.

─이제까지 여러분께서는 저의 아들로부터 4월 총선 찬조연설을 들으셨습니다. 저는 이 어미를 도와주기 위해 이 높은 연단에 올라와 연설하는 저의 아들 모습을 보면서 이것이 꿈인가 생

시인가 얼른 믿어지지가 않았습니다. 저는 결혼해서 1년도 안 되어 남편을 잃고 청상과부가 되었습니다. 4·3사태 당시 저의 남편은 빨갱이 혐의로 목포형무소 복역 중에 전쟁이 터져서 총살을 당했습니다. 저의 아들은 4·3사건 유복자입니다. 저의 아들이 말을 배우면서 제일 먼저 가슴속에 맺힌 말은 빨갱이새끼, 폭도새끼였습니다. 저의 아들은 폭도새끼 괄시 받으며 겨우 마친 것이 국졸 학력입니다. 빨갱이 남편 만나기 전에 저는 고등교육까지 받을 수 있었지만, 빨갱이 애비의 아들은 국졸 학력입니다. 저는 죽지 않으려고 변성명해서 숨어 살았기 때문에 무사했습니다. 저는 숨어 사는 인생이 너무 원통해서 대성통곡 하고 싶었지만, 울음을 참고 살았습니다. 이 세상에는 저보다도 훨씬 더 원통한 사람들이 많다는 것을 알고있었기 때문입니다. 세상에 태어나서 사람 취급 받지 못하는 인생이 어떤 것인지를 여러분은 알고 있을 것입니다. 저는 지금 울음이 막 터져나오는 걸 참고있습니다. 오늘은 울음이 아니라 연설을 하기 위해서 여기 올라왔기 때문에 울음을 참고 있습니다. 여러분은 저를 보고 여기는 울음을 참아야하는 자리라고 말하고 있습니다. 저는 그것을 알고있습니다. 저는 그것을 알고······.

박술음 후보의 연설은 격정에 치받친 음성이어서 점점 알아듣지 못하게 되더니, 드디어 무슨 말인지 모를 울음소리가 되어버렸다. 자신의 어느 부분에서 어떻게 울려나오는지 모르는 소리처럼 자신도 어쩌지 못하는 것 같았다. 처음에는 어엉-하는 울음소리를 참는 것 같았지만, 어느 순간 참는다는 생각을 그만두어버렸는지 거침없이 터져나오는 통곡의 함성으로 이어지고 말았다. 박 후보의 통곡 소리는 몇 사람 청중들 속에서 반향을 일으키더니 몇 군데 사람들의 흐느낌을 유발하였고, 흐느낌 소리는 순식간에 사무치는 오열로 바뀌더니 유세장 전체가 봇물 터지듯 목 놓아 우는 울음바다가 되어버렸다. 장내는 온통 격랑의 울음바다로 돌변하였고, 이제 이곳에서 선거연설은 사실상 끝나버린 것 같았다. 박술음 후보조차도 이제는 청중의 울음바다를 어떻게 해볼 엄두를 내지 못할 것만 같았다.

걷잡을 수 없는 통곡의 바다는 가만히 두면 언제 어떻게 황당한 난장이 될지 걱정될 판이었다. 그 순간에 어떤 말쑥하게 차린 초로의 신사가 연단 위로 올라가는 모습이 보였다. 부정태는 느닷없이 연단 위에 올라선 사람이 누구인지 알아보기 위해 시선을 그쪽으로 고정시켰다. 연단 위에 오른 후 마이크를 넘겨받는 사람의 얼굴이 어딘가 오래전 기억을 떠올려 주는가 싶었는데, 이 사람의 입에서 나오는 자기소개가 그것을 확인시켜 주었다.

―저는 오늘 박술음 후보님의 애절한 말씀을 듣고서 가만히 보고만 있을 수가 없었습니다. 지금 제가 드리는 말씀을 박 후보

님에게 보내는 위로와 응원의 뜻으로 알아주셨으면 합니다. 저도 제주사람으로서 4·3사건의 비극을 온몸으로 겪은 사람, 허만호라고 합니다. 한라산에 들어가 빨치산 운동의 선두에서 싸우느라 청춘을 바쳤습니다. 공산주의 이상사회 건설이 저희들의 꿈이었습니다. 혁명의 꿈은 산산조각이 났습니다. 그것은 애초에 허망한 꿈이었습니다. 저는 반란죄 수배망을 피해서 일본 밀항선을 탔습니다. 사랑하는 저의 아내는 국사범 남편의 죄목에 걸려들어 죽었고, 저의 어린 딸은 천애고아의 신세로 떨어졌습니다. 일본 땅에서 숨을 죽이고 사는 동안 40년 세월이 흘렀습니다. 저는 빨갱이 전력 때문에 조국 땅을 밟아보지 못했습니다. 사랑하는 저의 딸과 가족들을 만나볼 수도 없었습니다. 저는 오늘 여기 유세장에 모인 여러분과 함께 잠시나마 실컷 울었습니다. 40년 동안 다른 나라 국민들 속에서 마음대로 울지 못했던 울분이 여기서 터져나온 것 같습니다. 한번 실컷 울고 나니까 속이 후련합니다. 지금까지 참고 참았던 통곡이기 때문일 것입니다. 저는 귀국 하기 전에 재일본거류민단 본부로 가서 빨갱이 전력이 있어도 민단가입 신청을 받아주냐고 물었습니다. 그랬더니 왜 이렇게 늦게 왔냐고 핀잔을 맞았습니다. 이리도 쉽게 귀국 길이 있는 건데, 지레 겁먹고 결심을 못했던 것입니다.

유세장 연단 위에 돌연히 등장한 허만호의 모습을 보고 부정태는 한동안 벌린 입을 다물 줄을 몰랐다. 그는 허만호가 고백하는 과거사의 비화를 들으면서 이 친구의 정체는 역시 그가 예상했던 대로라고 믿어줄 수 있었다. 자기도 모르게 순발력을 발휘한 부정태는 잰 걸음으로 연단 위로 올라갔다. 자기가 거동하는 품새가 적절한지 어떤지를 생각할 틈도 없이 그는 마이크를 넘겨받고 우렁찬 목소리로 말하였다.

　―저는 40년 전에 빨갱이 친구 허만호, 이 사람을 잡으러 다니던 제주 출신 토벌대 장교 부정태입니다. 저희들은 제주읍내에서 소학교와 중학교를 같이 다니던 단짝친구 사이였습니다. 4·3 사태라고 하는 슬픈 역사의 소용돌이 속에서 빨치산과 토벌대 양쪽으로 갈라져 싸우던 저희 두 사람은 오늘 이 뜻깊은 4월 총선 선거유세장에서 재회하는 장면을 보여드리고 있습니다. 저희들 두 사람은 이제 다시 옛날의 우정어린 친구로 되돌아갑니다. 대한민국 국민들도 왼쪽 오른쪽 갈라져서 싸우던 분열의 역사를 끝내고 화합과 협력의 역사로 나갈 것으로 믿습니다. 저희들이 오늘 이 뜻깊은 재회의 악수를 나누는 것을 이 자리에 만장하신 여러분들이 큰 박수로 칭찬해 주실 것을 바랍니다. 그러면 이제 마이크를 박 후보님에게 돌려드리겠습니다. 박 후보님 장시간 하시고 싶은 말씀 못하신 거 대단히 미안합니다.

서로 굳은 악수를 나눈 두 사람은 조심스럽게 연단을 내려왔다. 유세장에 가득 모인 청중들이 보내오는 박수 소리가 아주 먼 나라의 일인 듯 은은하게 들려왔다.

28절

4월 총선거일 다음 날 아침 부정태는 허만호와 만났다. 제주시 선거구의 총선 결과에 관심이 많았던 그들의 화제는 당연히 박술음 후보의 당선 사실에 대한 것이었다.

─그전 선거도 이렇게 분위기가 고조되었던가. 제주도민들 선거에 보이는 열의가 대단했단 말이지.

─이번 총선에서 선거 열기가 더 뜨거워진 건 사실이야. 군부정권 철권통치가 끝났으니까 이제 하고싶은 말 맘껏 하는 세상이 된 거지. 난 혹시 박 후보가 낙선하지는 않을까 조마조마했네. 그랬으면, 우리 두 사람이 유세장에서 연설 방해한 것에 대해 섭섭한 말 들을 수도 있겠다 생각한 거지.

─나도 그런 생각을 했어. 끝이 좋으면 다 좋다는 말이 나오게 생겼어.

―박 후보의 득표에 유리한 쪽으로 대세가 흘러간 것이 몇 가지 있어. 4·3사건 희생자들의 억눌렸던 마음을 박 후보가 시원하게 풀어준 것이 중요했을 거야. 이제까지는 계속 반공 독재정권 하에서 자기네 억울한 과거를 마음 놓고 토로할 수가 없었거든. 그동안 국회의원 선거가 여러 번 있었지만, 이번처럼 한풀이 민심이 뚜렷이 부각된 적은 없었던 거 같애. 민주국가 선거에서는 정서적인 배설작용 같은 것이 중요하다는 말이 있으니까. 40년 참고 살아온 한풀이를 한 거지. 이번 선거는 그런 의미에서 과거를 청산하는 의미가 컸을 거 같애. 앞으로 있을 선거는 정말 나라 발전의 미래상을 그려보면서 후보를 고를 것이 아닌가 싶어.

―우리가 신거유세 시간에 끼어들어 딴소리한 것도 선거결과에 어떤 영향이 있지 않았을까?

―영향이 있었다면 마이너스보다는 플러스 쪽 영향이었을 거여. 그때 만약에 우리가 유세시간 중간에 끼어들지 않았다면 어떻게 됐을까, 이런 것도 상상해 봤어. 그랬을 경우엔 오히려 박 후보가 자기 연설 시간 흐트러진 걸 수습하기 어렵지 않았을까. 유세장을 울음바다로 만들어는 놓았는데, 그런 시간이 마냥 흘러가게 놔둘 수는 없을 거 아냐. 자네가 들어서 그런 난처한 시간을 끝장나게 했으니까 그건 박 후보를 도와준 셈 아닐까. 그러고, 그런 울음바다 시간이란 것도 박 후보가 여자니까 플러스 요

인이 된 거지, 만약에 남자였다면 그 결과가 달라졌을 거 같애. 여자의 무기는 눈물이다, 그런 말이 있잖은가.

—자네 선거 분석하는 것에 일가견이 있구만. 어디, 자네가 한 번 총선에 나와보지 그래.

—그래 볼까 정말? 부정태 후보는 이렇게 상이용사 되는 걸 무릅쓰고 충성을 다해 공비토벌에 나섰던 이력이 있습니다, 여러분. 이러면서 오른손 상처 난 부분을 높이 치켜들고 한번 외쳐볼까?

—자네, 생각이 그렇게 빨리 진행되나.

—그런데 생각해 보니까, 공비토벌 장교 전력이 있는 사람은 총선에 나올 자격 미달일 거 같애. 괜히 쓸데없는 과거사 논쟁만 일으키고 말이여.

—그래, 그래. 자네가 총선 나오면 내가 어떻게 도와줄지 고민도 될 것이고. 게다가, 기억 속의 상처를 다시 헤집고 나오는 거, 그건 정말 고약한 악취미여.

—알았네. 그건 그렇고 우리 언제 추억의 모범부락 보천마을로 가보지 않을래?

—아, 내가 자네 손바닥에 총상을 낸 그 마을 말인가? 그 마을은 자네 추억 속에 상처를 낸 마을인데, 그런 데를 가보고 싶다고?

—그 마을에서 생긴 상처는 내 과거 역사에 더 큰 상처 당하는 것을 막아주었다는 걸 알아야지.

―그렇다면, 나도 같이 가주어야겠네.

―오늘 당장 가보자고. 경 허고, 보천마을 돌아본 다음에 점심은 내가 내는 거여.

―자네가 왜 점심을 사는감?

―이번 총선에선 그쪽 빨간색 캠프가 이겼으니까 내가 축하의 뜻으로 산다는 거지. 다음 선거에서 우리쪽 백색 캠프가 이기면 그땐 자네가 점심 사게나.

―우리 다신 빨간 색 흰 색, 편 가르기 안하기로 했잖은가.

―이건 편 갈라서 따로 가자는 게 아니고, 누구 말대로 화해하고 상생하자는 뜻이여. 점심 같이 먹는 걸 즐기면서 상대방 이긴 걸 축하하는 거니까, 분열이 아니라 단합 아닌가. 경 허고, 우리 생각 난 김에 강성국 선생 묘에도 한번 인사 가는 거 어떤고?

―강성국 선생 묘에 말인가?

―그럼, 우리 두 사람 과거사에 화해 마침표를 찍으려면 강성국 선생을 빼놓고 생각할 수 없잖은가.

―그거 좋은 생각이긴 헌데, 난 생각헐 일이 하나 있어가지고 말이지.

―무슨 일인디.

―난 40년 만에 고향에 왔는디, 우리 부모님 묘에도 아직 가보지 못했네.

―아, 그렇구나.

-우리 부모님은 여지껏 묘 자체가 없다네. 자네에겐 아직 말을 못했네만은, 산 폭도 키워낸 죄로 도망 다니다가 행방불명된 상태로 돌아가셨으니까 그럴 수밖에. 여기 와서 친척들에게 물어봤는디, 우리 부모님 같은 경우가 수두룩하다고 하데. 어젯밤엔 꿈에 내가 우리 아버님 묘를 가서 봤다네.

　　-뭐, 꿈에 가서 봤다고?

　　-이상헌 꿈도 다 있지. 내가 우리 마을 친척 어른에게 아버님 산소를 물었는데, 그 분이 나를 어떤 산중으로 데려가더라고. 넓은 야산에 공동묘지 같은 곳인디, 꼭 같은 묘들이 끝이 안 보이게 많이 보이데. 그곳에 가더니 글쎄, 그 어른 보다도 내가 먼저 어떤 묘소 앞으로 가서 큰절을 곱박 하더라니까. 그 많은 묘들 가운데 아버님 묘라고 생각헐 근거는 전혀 없는데도 말이지. 그런데도 난 그 묘가 우리 아버님 묘라는 걸 의심하지 않는 게 이상했어.

　　-꿈속에서지만 자넨 잘못한 게 아니여. 행불사망자는 묘가 있을 리 없고, 있다고 해도 알아볼 도리가 없으니까, 아무 묘를 찾아가서 절 해도 잘못이 아닐 거여.

　　-그래도 난 우리 부모님 묘에 절 한번 올리지 못헌 게 영 마음에 걸려. 고인의 유물 유적을 갖다넣고 시신을 모신 것처럼 묘를 만들 수도 있다고 했거든.

　　-나 생각으로는 그런 식으로 가묘 만드는 건 찬성이 안 되네.

나중에 정말로 시신이 나오거나 더 합당한 유물이 나오민 어떵 헐 거라.

　─그건 그렇기도 하네. 그렇지만, 어떤 방식으로든지 내 마음의 정리를 해야 할 거 같아. 어젯밤 꿈자리가 아직껏 내 머릿속에서 떠나지를 않네.

　─그래. 자네 마음이 어떻게든 정리된 다음에 강성국 선생 묘를 찾아봐도 될 거니까, 그렇게 하자.

　─좋은 생각이여. 그럼, 보천마을에 가는 것도 나중에 하면 어떨까.

　─그래, 그렇게 하자. 그럼, 오늘은 점심이나 함께 먹고 헤어지자고. 지금 나오는 저 음악만 마저 듣고 가자고. 이 다방은 음악 서비스가 좋단 말이지.

　─자네 음악취미는 아직도 여전하구만.

　두 사람은 오래 전 학창시절을 회상하는 듯이 마주보고 웃어 보이는 것이었다.

40년 만의 악수

초판 1쇄 인쇄 2024년 5월 19일
초판 1쇄 발행 2024년 5월 20일

저   자 양영수
발행인 박지연
발행처 도서출판 도화
등   록 2013년 11월 19일 제2013 - 000124호
주   소 서울시 송파구 중대로34길 9 - 3
전   화 02) 3012 - 1030
팩   스 02) 3012 - 1031
전자우편 dohwa1030@daum.net
인   쇄 유진보라

ISBN ㅣ 979 - 11 - 92828 - 54 - 1*03810
정가 13,000원

*이 책은 제주문화예술재단의 지원으로 출판되었습니다.

도화道化, fool는
고정적인 질서에 대한 익살맞은 비판자,
고정화된 사고의 틀을 해체한다는 뜻입니다.